移動そのもの

井戸川射子

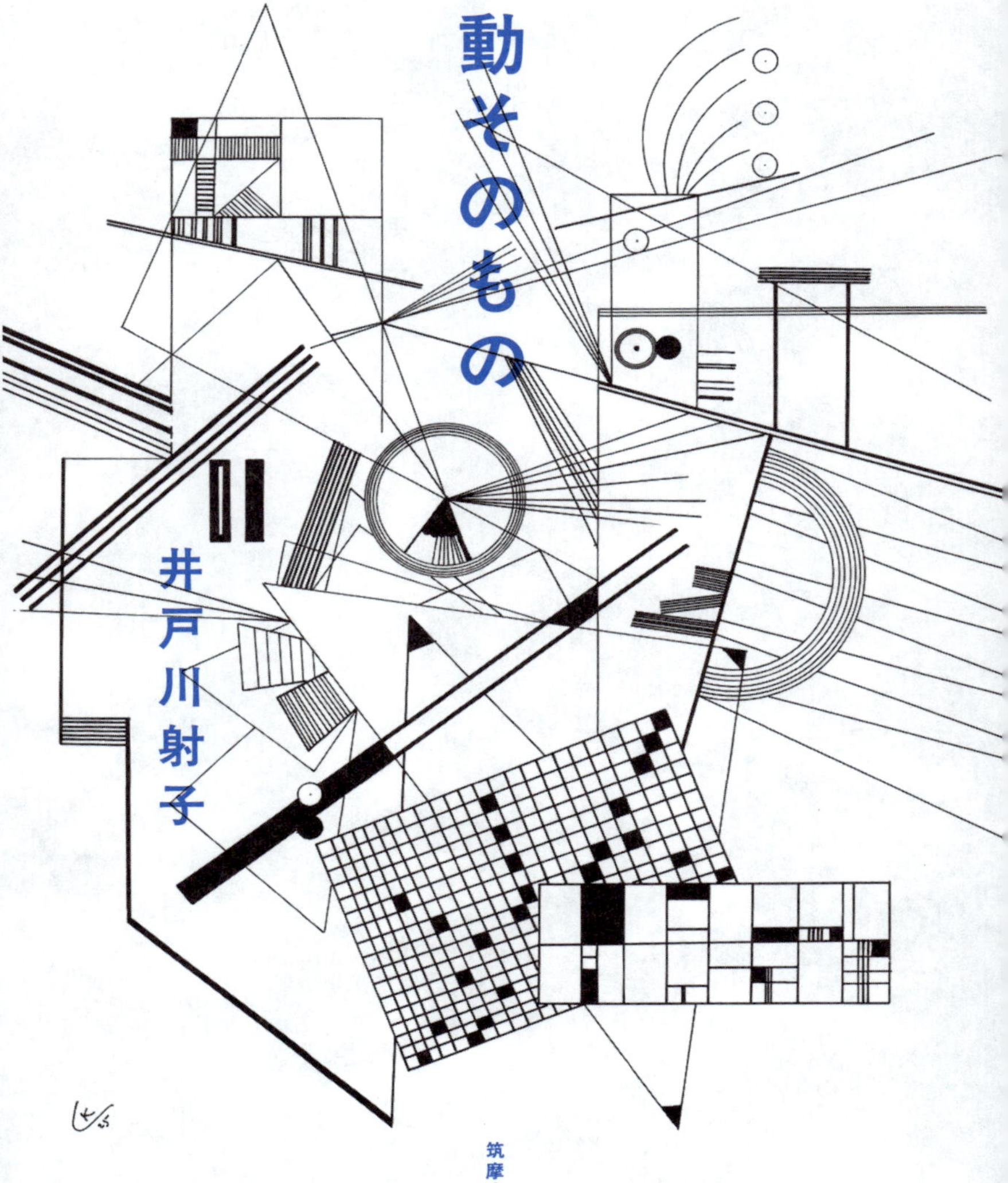

筑摩書房

移動そのもの

目次

装画　Wassily Kandinsky《Untitled》

装丁　名久井直子

移動そのもの

草原の草は刈り取られ、通りが良く、花の開く音さえ聞こえる。二人は各所に出掛け、上手いことやり、他人の遺産を受け継いで、それで暮らしを立てている。葬儀から、その前段階があるならできればそこから参加する。二人はこの島の葬送のマナー全てを網羅している、遠くからやって来た、みんなに今まで忘れられていた、でも重要な親族として登場せねばならないから。故人の金となると、降って湧いたように見えて気が緩むのだろう、案外これで生活が成り立つ。

さまざまな式場がある。子どもたちはどこでも、無事来られて黙っているだけで上々、胸に大きなハートマークのセーターなど着ている、そんなところに立って、というような場所に立ち尽くしている。驚くほどにオレンジ色の花火が上がる地域もある。葬儀の後フルコースが食べられるのもあれば、汁物だけの式もある。アリシマは、汁物くらいがちょうどいいだろうと思っている。トオシキはより若いので、出されれば何でも嬉しい。

トオシキはアリシマに、もっと見せるようせがむ。商売から帰ってきたところなので、若いトオシキは使い道を考えるばかりだ。最近、二人は金を全て宝石・貴金属に換えて持ち歩く。預金通帳の数字が増えていくことが嬉しい時期もあったが、今は断然重みを価値あるものとしている。アリシマは首を縮めて銀歯を見せる。お互い別の貴金属店を贔屓《ひいき》にしており、相手のと似たものは何となく買ってはならない雰囲気があるため、探り探りで情報を共有し合う。踏み込んではいけないラインがどこかにある気がしている。

「風景画のメノウを見せてよ」とねだるトオシキにアリシマは差し出す。

白地のメノウの石に、木と地面の色に似た酸化物が浮かぶ。互いに、腹巻きとしていつも巻いている宝石・貴金属入れから取り出し、布で拭いていく。ザイールのマラカイト、マラカイトは割れやすいから不安だ、エメラルドを埋め込んだ太いブレスレット、婦人の横顔の柄のカメオ、ムーンストーンで人魚を模したの、見事にカットされただけの大きなアメジストや小さなタンザナイト、プラチナの棒。素人なので、騙されて買ったイミテーションも入っているがそれらにも、未熟な二人に気づかせないほどの説得力がある。

「これも見てごらん、新しいよ。貝の内側に小さな大仏を付着させて、それが真珠層で覆われているんだね。仏像真珠だ」とアリシマが差し出す。

移動が多いのであまり持てないが、アリシマは本当は、繊細に細工されたようなのが好きだ。真珠は耐久性も低いため避けてきたが、これは感動したので買ってしまった。

「サテンの光沢だ」とトオシキは褒める。

今暮らしているほら穴に二人は戻る、広く、石を家具とし、使われないのは端に追いやられている。本など紙は、日には焼けないが湿気で波打つ。生活水源としている小川に、チンパンジーとシマウマが佇《たたず》んでいるのをトオシキが見つける。チンパンジーはぬめりのある魚を川から摑み上げ遊んでいる。泥を吐かせれば食べられるかもしれないと、アリシマは思う。二人が近づいても、二匹は遠ざからない。チンパンジーのあまりに優しい、飛び出る目もと、いかり肩、食べるから口は剝げて白く、耳はあまり触らないので最も黒い。なぜか白いはずの縞の部分が全て茶色い、照りのあるシマウマも、茫洋とした様子で立つ。邪魔にもならないだろうということで、それらを仲間として引き入れる。

最初の方は言うことを聞かずにはぐれ、それぞれが声を出すべきでない場所で叫び、食べ物も四で割れば少なくなったが、まずは歳取ったアリシマ、続いて若いトオシキにも、二匹への愛着が湧き、共に歳を取る覚悟となった。シマウマって一番臭いんだよな、実際、動物園でも、とトオシキは思っている。それに遠慮してか、二匹はほら穴の入り口辺りで、シマウマは立ったままで、チンパンジーは安心して、でも苦しいような顔で眠る。朝早く起き、音を立てぬよう外へ出ていき、二匹で大人しく遊んでいる。

歩いていれば葬儀にはぶつかるため、喪服を着た二人は二匹を引き連れ街を歩く。

「これ、全部アジサイだからもうすぐ、すごいんだよ」とトオシキはチンパンジーに教えてやる。

「植物学者になりたいんだ、俺は」とトオシキは続ける。

そういうものには、それは皆なりたいだろうとアリシマは思う。

「間違いを修正する機会なのかもしれないな。まだ何にでもなれる」と充分な沈黙の後に口を開き、少し白々しかったかと反省する。

だが年寄りの言うことは、大げさに台詞がかっていても自然だろうと思い直す。鳥居のようなものが立ち、喪服で人が集まっているのを見つけ、近寄っていく。

「そういえば神社で葬式っていうのは、あまり聞かないね」

「神社なのかな、ここは。雰囲気はあるが」

「七五三も神社だよね。そんなに、めでたいことばかり引き受けるものかな」と二人はまくっていた袖を直す。

チンパンジーとシマウマは、じっと池を見ている、屋根のあるところにいるように言われたのでそうしている。池は雨を吸い寄せる。鯉は水を連れ進む。気味が悪いほどの金の、混ざっていく途中の模様の、意志あるような模様の、池に紛れるので一番賢い黒の、皮を剝いだ後のような白の、そういう鯉たちが泳いでいる。流れの悪い方には何もいない。

朝からの式だ、朝から雨が降る。新しい人間が式場に入ってくるたびに、注目、目配せがある。壇上では踊りと歌が行われている。頑張りが報われ、死者に何か届けばいいがとアリシマは思う。参列者の列にくい込み、いつも通りにどちらかが親族として主張を始める。

「私の父です」とアリシマが叫び、その声にはトオシキも心打たれる、役者だ。

そうですか、では、と何も知らない周囲は、アリシマを棺の方へ押し出す。人数の多い息子たちが、兄弟並んで棺の中の父を凝視している、その列に加わる。

「私の父だ」とアリシマはその顔を見て息をのむ。

コミュニティーの決まりなのだろう、棺は大勢でまず高く持ち上げられ、可能な範囲で天に近づく。珍しいパターンで、焼き場に行く前に食事が振る舞われる。二匹も席に着き行儀良く、食べられるものだけつまんでいる。アリシマは気もそぞろで呆然としており、嘆く振りなら演技が過ぎるとトオシキは考え、袖を引くなどしたが、アリシマは態度を改めない。向かいに座った子どもは、犬でも入っているのかという頻度で、自分の横の紙袋を覗き込んでいる。

父が焼かれる段となり、皆黙禱している。この辺の地域は焼き場で待つ間、近親者はずっと黙禱だ、そのための多くの椅子だ。それ以外の人間は、故人のスライドショーを眺めている。子どもたちは端に寄せ集められている。アリシマはその、次々写真が移り変わっていく画面に釘づけだ。父を看取れなかった息子の挙動として、おかしくはないだろうと、トオシキは放っておく。トオシキは肩を自分の好きなだけ楽にする、目を瞑り、そのせいで肩を震わすアリシマに気づかない。開ければ焼いた棺の中に、隅々に父が散らばる。兄弟たちは骨をつまむ間も、そうだそうだと次々思い出し語っている。アリシマはできるだけその横に立ち聞いている。一人が尖った顎を兄弟の肩に置いて、それでツボ押ししてあげている。あれくらい大胆な、兄弟としての接触があってもいいのではないか、アドバイスしようかとトオシキは考える。骨は全て骨壺に入る。

「すみません、父の骨と灰と、何か入れるものをいただいてもいいですか、ここに私のものは何もない。手では」とアリシマがいきなり訴える。

兄弟たちは、アリシマとトオシキを外に出し取り囲む。骨が欲しいらしい、と笑っている。いきなり来た怪しい二人の、弱みを握ったことを喜び、兄弟たちは遺品の、錆びたコップに法外な値付けを試みる。

「これは父が、生前うがいに使っていた、まあ一番手ではないのですが、そういうコップです。あなたが私たちの兄弟だとすれば、きっと最も上の兄でしょう、そう見える」

「確かに一番手ではなかった。若い時のだ。晩年は手で水をすくってうがいをしていたね。そういうのも、あなたは知らないんですもんね」

「拝み倒されても足りませんね。父は老年から死までが、また凄まじかったんだ」

「父の骨と灰と、コップとセットで、動物どちらかと交換ですね」

「骨の、大きめの部分も入れてあげましょう。サービスだ、大サービスだ」

「金になりそうなのはチンパンジーだけど、シマウマの方が役立ちそうでいいかな、シマウマでいいかな」と口々に言う。

兄弟たちは動物二匹がメスかオスかを確かめようとする。性別か、そんなのは考えたこともなかった。シマウマは息だけのような声を出し、大胆に脚を開く、返事代わりに腰をユラユラさせる。チンパンジーのはシマウマのように、あれば目立つ箇所でもないので分かりにくい、排泄の様子も、あからさまには見ないように気遣い合っていたし。兄弟たちは、チンパンジーはオスだろうと見定める、だぶつく部分を性器としただけかもしれないが。ではやはりシマウマを、ということになる。

「金ならあるのですが」というアリシマの声に、兄弟たちが耳を貸すことはない。

「シマウマと、あと、少し殴らせてください。かわいそうじゃないか、父が、最初の息子と生き別れて、離れたままで。父の拳として受け止めてくださいよ、父の愛だ」と一人が言う。

そう言われるとアリシマは、喉の塞がる思いだ。兄弟の中でも最も若いのが、アリシマの眉間を殴る。ぬかるむ土にアリシマは倒れる、白い線のような植物が揺れる、動物たちはそれを見ている。選ばれなかったチンパンジーの顔に、同情が満ちる。トオシキは耐えられず足の指さえ握り込むので、また土が水を吸っているため、地団駄が踏みにくい。こんなに好戦的であることができるのかと驚き、素早い動きに息をのむ。殴られた後に足蹴にされ、アリシマの頭が恐怖を呼び込む、体にのる重みを推し量る。シマウマは取り引きされることが分かっているのか、憤っているような、暴力くらいはあって当然だという顔だ。足が外されたので立ち上がるともう一度殴られ、その倒れる動きが急にスローモーションで見え、アリシマはもうすぐ死ぬのだろうかとトオシキは思う。独楽も動きは遅くなっていってそれで止まるから。でも人を踏むというのは、それはないんじゃないか。

「これがあなたの成果です」と、一人が例の父のうがいのコップに、骨壺から分け与えて入れる。

アリシマはその骨壺代わりの錆びた鉄のコップ、茶色く壊れもある、歩いて揺らすたびに内側の錆が粉になっていくような、それで骨と灰と混ざって台無しのを握り込む。シマウマは兄弟たちに手を添えられ、それでついて行く。アリシマは父との再会、別れに打ちのめされ、全く役に立たない、チンパンジーがその肩を抱く。式場から兄弟たちが家に帰るのを、トオシキは見つからないよう後ろから追う。一行は細く勢いのある川に行き当たり、互いの腰に縄を巻いて繋いで、それをシマウマの胴にも結び、流れを渡っていこうとする。橋などないのか、とトオシキは周りを見渡す、兄弟の一人が草むらを振り向く。

「さっきの人ですよね、シマウマがどこまで行くか知りたいんでしょう。一人ではここは流されますよ。シマウマもまだ、慣れてる人がいた方が落ち着いて進めるでしょう」とその縄を指差す。

途中で自分だけ見放されはしないか、帰りはどうするのか、川は待っていれば干上がるか、など疑問も湧くが、トオシキはシマウマの方へ足を踏み出す。

「縄はもう結ぶ長さがないので、あなたは握るだけとなります、離さないように」

「シマウマが安心するよう、シマウマ、あなた、私たち兄弟。兄弟は年の大きい順。あなたはシマウマに巻き付いた結び目の部分でも持つがよろしい」と兄弟たちがアドバイスする。

嫌がるかと思われたが、シマウマは毅然と川の中に入る、トオシキと息子たちが続く。水自身も、訳も分からずバウンドしているような、岩さえ自身を忘れているような濁流だ。浮き沈みし、沈むことの方が多く、流れがトオシキの腰を持つ、足首を持つ、ねじれる部分が狙われる、流れというものは、指であるのだとトオシキは思う。見れば、縄の結び目がほどけていく、末端はやはり脆弱なのだろう、一番後ろの弟が、引き離されていく。兄弟たちは声を上げて残念がる。水を岩が分かつ。

シマウマの胴に縄が食い込む、これで胴がちぎれることだってあるだろう。痛くないよう隙間に手を入れてやる、緩んでくる。トオシキは、自分がただ一人でもちゃんと重いということを思い出す。宝石・貴金属は歩いて音が鳴らぬよう、一つずつ布でくるみ、腹巻きのポケットに詰めてある。服はその上から着ている。チャックも自分でつけたので、宝石が落ちて流れて、また自然の石に戻ったりはしない。包んだ布も、水を吸った分重い。

「人をああして殴る蹴るというのは、よくあるんですか」とトオシキは振り返り、兄弟たちに問いかける。

シマウマの縄はほどけていく。兄弟たちは聞こえないのか答えず、トオシキもくり返し聞くことはしない。取っ手もなく摑みにくい、シマウマの胴体をしっかりと抱き込む。結び目はトオシキの予想通りに外れる、兄弟たちが遠ざかっていく。一筋違えば川は速さも向きも全く異なるから、縄で並んだ兄弟たちはそれぞれ別の動きを見せながら流れていく。

「戻れるか。あんな何かのカスと、お前を引き換えにしたアリシマを許せるか」とトオシキは大きな声で言う。

ここは川のちょうど半分だ。シマウマはあのやり取りを分かっていただろうか。素直に来て、もとから言葉など通じていなかったのだろうか、言ったことが絶対に伝わったという瞬間も、今まではあったのに。水は何でこんな勢いがあるんだと、トオシキは腹を立てている。横に長い体なので、向きを変えるのが難しい、シマウマは時間をかけ、少し下流に流されていきながら、戻る方の岸に鼻先を向けようとする。

「戻るんだね」とトオシキが聞き、シマウマは大きく頷く。

しかし方向転換は容易ではなく、脚がもつれ腰が折れる。かろうじて踏みとどまっている。

「ダメだ、あちらの岸に着いてからまた考えよう」とトオシキが言い、シマウマがまた頷く。

トオシキが重しとなり、シマウマが進む力となる。下の歯の中央の隙間が広く、それは母親似の、その歯をトオシキはくいしばる。

アリシマは父の骨と灰のコップの、中に指を入れては触り、外に一粒も飛び散らせまいと、指についた粉をコップの中で擦《こす》り落とす。チンパンジーは、吹き飛ばしてしまわぬよう息を止め、そのコップを覗き込む、その優しい目。ほら穴に帰ったアリシマは、灰を自分の陶器の茶碗に移している。混じる錆を指で取り除いていく、機《はた》を織るように地道に。空になった、もう白いものは一粒も張り付いていないコップを、チンパンジーが摑んで太鼓のように叩く。一音が長く残る。

「あまり強く叩くなよ」とアリシマは注意する。

チンパンジーはまたブラブラとほら穴内を歩き、屈《かが》んで土を掘る。黒い石が出てくる、矢じりとして働いていたような形をしている。その古いもの、自分には新しいものが嬉しくて体全体でリズムを表す。滑らかなダンスの動き、滑らか過ぎるので見ているこちらもこんなことができると錯覚し、大したことではないと思ってしまうような動きだ。シマウマが無事でありますようにと、自分の信ずるところの神仏に祈りながら、チンパンジーはその黒く、打って削った跡が細やかに残る石を握る。

ふと閃《ひらめ》く、これは二人が大切に持ち歩く、宝石・貴金属ととても似ている、チンパンジーはその価値に気づく。アリシマの宝石・貴金属はトオシキのより丁寧に、小さな箱にそれぞれ詰められ、腹巻きに入れられている。だからアリシマの腰はいつもゴツゴツしている。チンパンジーはアリシマに寄り添う。まだ正気でないアリシマは、しかしチンパンジーが寄ってきてくれたのが嬉しい。自分こそ、自分のさっきの行いに懐疑があるのだから。

アリシマはチンパンジーの、そこだけ毛の薄い頬に触る。チンパンジーは、より前かがみになり隣の腰に手を当て、アリシマが最も大切にしている、それゆえ常に自分の腹の中央に来るよう、位置を調節しているところの箱を、腹巻きから引きちぎる。あ、とアリシマは声を上げる。陶器が湿り気を帯びていたので、骨と灰は器から飛び出すことはなかった。チンパンジーは、調和の取れない歩きたての子のようなやり方で逃走し、ほら穴からすぐのところで一旦立ち止まる。自分の衝動的な行為を恥じたが、恥ずかしさゆえにもう戻ることはできない、思い切りのいい愚者でという顔で遠ざかるしかない。箱には幸運にも二つ入っている、大きな黄色いダイヤモンドの周りを、白いダイヤモンドが二列で囲む指輪と、トパーズを金の縁が囲い、その縁にスターの美しく現れたサファイアが間隔を空け埋め込まれた、王のような指輪だ。手が塞がってしまうので矢じりは捨て、チンパンジーは片手にダイヤ、片手に王の指輪を持って立ち去る。

下流に流されつつの移動だったのだろう、出発地点ではなかった場所だ。ずぶ濡れのトオシキとシマウマが岸を掴んで立ち上がる。

「ここは草花がいい、土もいい、ここにいたいな。いいかな?」とトオシキが問い、シマウマは従順に頷く。

言葉は通じているのだろうが、自分の意志というものがあまりないのだろう、とトオシキは見当をつける。育てればすなわち学者とも思わないが、宝石・貴金属は少しずつ、種と苗に換えていこうとトオシキは思う。重みは既に邪魔となっている。夕日の小さな円は厚く丸い雲に完全に隠れ、今その雲のシルエットを照らしている。

花瓶

電車で人の声が聞こえてくるのが不安で、でも今日はイヤホンも持っていなかったから、こう、人差し指の側面と親指の腹を両耳の入り口で擦り合わす音で紛らわせていました。母親が二人の子どもに、窓から切れ目なく見える景色を、あれは山、夜景になればきれい、夜景はライト、家が光ってピカピカ、ってすごい説明してあげていて、周りの私たちには既知の、藁《わら》みたいな山、赤い山。先生、姉から聞きました？得意げに、掲げるように母子手帳でも持ってきたと思うんですけど。姉がお腹のエコー写真を見せてくれた時、陽に照らされて白く縁取られたような小さな円、黒い丸、そういうのがあって、点というには大きく、ああもうこれは、姉の悲しさという悲しさがついに形になってしまったんだと、悲しさって固いから、いつか姿を現してしまうと思っていた、そのそれだ、と私は思ったんですけど。姉は光にかざしてそのままじっくり見ていました、中での動きが自分には分かるの、っていうように。私はすぐに見るのをやめました、顔を正面に向けておきたいけど太陽があるから、目は拒否して背かずにはいられないっていう自然な感じで。でも姉が一番目立つ壁に貼ってしまったから、私たちの食卓にはいつもその黒いのが、クラスの標語みたいに掲げられているんです、いつ剝がすんだろう、上に重ねて貼り付けられていくんでしょうか。逃げる側はいいですよね、逃げるって言い方でいいんですかね、でもあの男は身軽で自分だけ行くんだから、それはそう言えますよね、姉は、決して逃げたとは言わないけど。私も姉も文学少女で、本ってお金がかからないから、うちはお金がなかったから、伸びた襟もとで幼い時はいつも図書館で、二人で。待っていさえすれば、好きなものが読めますから、冬でもあたたかいから。それで、本って暴力が多いじゃないですか、満ち満ちているじゃないですか、それはニュースもですけど。だから私たち、暴力も少しなら受け止め合えちゃうんです。強く手で押さえる、くらいのものですけど。小さい頃なら先生だって、つねったりしてたでしょう、ちょっと高くなったところから落とし合ったり。でももう今なら姉はね、私が振りかぶれば大仰にお腹を守るでしょう、一度両腕を開いて突き出し、強調しさえするかもしれない。そんな姉の気持ちのいいポーズには付き合っていられないから、私たぶんもうつねりもしないです。姉から叩いたりでもしてきたら、どうしましょう。ホルモンがいつもと違う風になるんですもんね、ホルモンってすごいですよね、肌荒れも不調も生理も、ホルモンの影響ですもんね。姉が殴ってきても、私は殴られたはずみで腕を後ろに回し同じ強さで、その遠心力で姉の肩を叩く、なんてことはもうしちゃいけないんだわ、私たちの間に何か入ってきたから。もし無事産まれたら、もちろん私はよく世話するつもりです、勤勉だから、二人とも図書館で借りられるだけの赤ちゃん関係の本を借りてくるでしょう。予約システムで、遠くの図書館の本も借りられるようになったから。小さい時はまだパソコンでできなかったから、窓口で頼むだけだったから、遠慮しいの私たちに、予約なんて技術なかったんですけど。昔から暗に競わされていました、どちらが勉強できるか、友だちが多いか、先に結婚するか、子どもを産むか、お母さんはうるさくて。だからもうそこからは二人で降りたんです、良かった、賢明だった、でも今になって子どもなんて。暴力し合える仲でもなくなってしまうんですもんね、私たち。殴られても殴り返せないなんて、お父さんとの関係みたいだわ、こちらに、育ててもらってる弱みがあるみたいだわ。悔しさに歯を噛みしめて、それで歯が砕けるような。本当に乳歯の奥歯は欠けてしまったんです、何か布一枚でも噛ませておけば良かったんですけど、分からないから。でもほら、永久歯も犬歯は私こんな、尖っているはずのところがへこんでしまっていて。擦り合わせる癖が歯を削って、これも何か憤りと関係あるんですかね。もっと馬みたいに高さのある歯だったらね、恐竜みたいによく生えかわるとか。すみません、いきなり歯なんか見せて。そう考えると、毛だけかもしれないですね、体の中で痛みを知らない部分っていうのは、無邪気で。あのね、姉が花瓶を割ったんです、先生に言いつけるわけじゃないんですけど、お母さんがいつも玄関に置いていた花瓶で私が昔もらって、大きいの。最初の職場を退職した時に受け取った花束も、その花瓶になら全部入ったんです。男同士の強い結び付きにやられちゃったあの職場ですよね、大事な話は私を跨《また》ぐように通り越して進んだ、理解できるだろう、という気迫だけで会話して、私に向けて共感の声なんて上がることはなかった。今の職場だって劣勢で、そういうの私にばかりですね、なんて言えば、男か女かの二元論なんて良くないよ、そんなん俺も女かもしれないよ、部分なら、女らしいところあるよ俺、俺もそうかも、って笑い合う同僚ばかりです。花瓶には煉瓦造りの壁みたいな背景と、その手前には果物の模様が彫刻してあるんです、縁は波打っていて、広く開いているんです、そういうの方がいっぺんに、花を束で入れやすいですよね。側面にヒビは入っていたから、少し漏れ出てる時もあったんだけど、それは拭けばいいいことじゃないですか。でもこの前、あの男を繋ぎ止めるために、一緒に探してくれる一組になるために子どもを使うなら、何かに子どもを使うならそれは許せないって、そういうようなことを堪《たま》らず言ってしまって。姉は衝動的だから、こんなんもう使ってるんじゃないよ、置くところ水浸しじゃんって、花瓶を床に投げつけて、厚さのあるガラスなので割れずに、ヒビがもっと大きくなっただけでした。時間が経ってから二人で片付けて、恨んでないから、ってなだめ合いました。自分の膝をそれぞれ腕で抱き、肩を寄せ合いました、着ている古い服の柔らかな感触を、それぞれ感じました。もしお父さんの介護とかになったら、私たちあっちの家に帰らなきゃいけないかもね、でももう子どもの頃とは立場が違うもんねって、言い合っていて。できるんですかね、お父さんを触る手が、親しみをこめたものになんて変わりますかね。この前テレビのケーブルの工事で業者に来てもらって、お風呂の天井を開けたらそこに線がたくさんあるんですね。ここにテレビ関係の線はありますからねって、いつか私が開けるわけはないのに、それなら業者を呼ぶのに。でも私が二人の部屋を取り仕切ってるってことは、工事に来ただけの人でも分かるんですね、姉も近くにいたのに。

これ、前にも言っていたらごめんなさい、誰に言ったか、分からなくなっちゃうんです。だから、姉も私が守らなくてはいけないですよね。姉の日記は二種類あります、まず先生が、心の整理のために書けばいいと言ったやつ。もう一冊あって、姉から逃げた、あの男と交換日記でもしているような日記です、交換はしてないですよ、会えてないですから。語り掛けっていうのかな、会えでもしたらこれを突きつけて、悲しみを分からせて出来事一つひとつを順に謝ってもらおう、その後抱きしめ合えるだろうって感じの日記です。日記って、自分の得意な書き方ばかりで書いてありますね、日記自体から響くようですね。同じところに隠してあったからどちらも読んだの、隠してはなかったのか、すぐに見つかったから。姉の満足の息が聞こえるような日記です。あの男に向けてのは、きっと目を変に明るくして書いているんでしょう、全然、連絡も通じないみたいで。産んでからだって、子どもが灯台になるわけでもないのに、手に重しが増えるのに、見つけ出しでもするつもりなんでしょう。あの男が戻ってくるなんてそんな、店に返したものをまた買いに来るようなことなんて、あるのかしら。生きていかねばならない理由ができました、なんて書いてあって、理由なんかにされてかわいそうだわ。私が盗み見ているのも知ってると思うんです。だから、私に向けての宣言、自慢、印象付けでもあるんでしょう。ごめんね、ごめんね、って謝りの言葉が並んで。手伝える限りは手伝いたいです、でも私は、友だちが自転車の鍵を学校で失くした時なんかは、一緒に探して、何時までこう地面を撫でたら帰っていいのか、見つからないなら終わり方はどうなのかばかりを考えていましたから。鍵なんて小さなものは結局見つからなくて、体育の先生に言って壊してもらうんだから。でも姉の豊かな、強い呼吸を持ってすれば、いつか見つかるような気もします、謝罪と感謝が、姉に降ってくればいいと思います。先生に言ってなかったですっけ、子どもができたわけではないけど、私にだって悲しさが塊になるようなことはあったんです、今言ってもいいかな。昔友だちに呼ばれてお酒を飲みに行って、あの人がいたんです。あの人はホテルの、ダブルの部屋をとっていたから私も泊まって。明かりがいくつもある部屋でのセックスでした、一つの暗さもなく、私は元来暗くする方なんですけど。まあ真っ暗に、何も見えなくされるよりはいいですよね。セックスの時の台詞はほとんどが口伝えで伝わっていくのだと、寝転びながら気が付いて、微笑ましい限りでした。待ってくださいね、頭痛が。右の目と首のへこみと、両耳を突き通してそれが交わるような一点で痛いです。私にでさえ、これが愛だと分かりました、今でもあの人は笑顔で、雑誌なんかに載っているけど。人との出会いにも恵まれているみたいで、役も時々大きいのを貰えてるみたいだけど。あの夜、もう朝か、別れ際にキスして、起きた後の口臭に自信がないから、素早く部屋を出たんですけど、あの人が追いかけてきて。忘れ物、って笑って、あたたかなベッドから起き上がるって大変で面倒なことなのに、時計と香水、わざと忘れたようなものだったんですけど。そうやって部屋を出てから何年も、私はそういう記憶をかき集めて深々と覗き込んで、やたらに必死に集めるから、他の人との思い出とも組み合わさって、もうオリジナルなの。古い繊維が心のひだに張り付いて、内側だから取れないんです。ただ上手くいった出来事、もっと上手くやれたかもしれない出来事だと、悔しくて覚えているだけなんでしょうか。あの人も、友だちにでも私とのことを相談しているんじゃないか、また会えると期待してるんじゃないかって、思ってしまうんです。努力の後の達成でもなかったんですけど、別に信用に足る、何もかもを相談したい人だとはあの瞬間も思っていなかったんですけど、でも私は若かったし。何年経ってからでもこちらへの隠されたメッセージはないか、インタビュー記事なんてあれば縋《すが》り付くようにして見て、凡庸な受け答えだけが載っていて、凡庸な人なのかしら、目が燃えるようです。ラジオか何かで、若い頃に素敵な出会いがありましたと、私の特徴でも言ってくれればそれで満足しそうなものなんですけど、忘れていこうとした時計や香水などの小道具が、ヒントになりそうなもの、役に立つじゃないですか。でも今更あの人に何を言われたって、返します、と客に言われて店に違う方を持ってこられたような、そういう呆然とした再会になってしまいそうですね。あの人も寂しかったなら、お互い謝罪から始めなければいけないでしょうね。別にセックスは好きではないんです、股関節が硬いから痛くなるし、あれって、自分以外の体の臭みにどれだけ耐えられるか、っていう話でしょう。俗にいうパパ活みたいなのをしてるんです、始めたの。あの人の舞台も見たいし雑誌も買いたいから、私にしか分からない合図がないか、確かめないといけないから。良かった、こういうやり方があって、詐欺ではないんですもんね。お客さんと、帰りにドラッグストアに一緒に寄ると、何か細々したものを買ってくれることが多いです、かさばらなくて千五百円以内のものを選ぶの。よく知らない人の前に立ってじっと見られると、胸の尖りが目立つのが嫌で、家でも布団に入る直前までエプロンを着けていたことを思い出します。ぶ厚いコーデュロイのエプロン、料理も手伝うわけでもなかったのに、不自然だわ。子どもの頃って私、暗闇の中を手探りで、探す人の顔を一人ずつ確かめているような困難さでした、発見の連続に驚き目が輝く、というような子でもなかった。理想の恋人のタイプは、項目を並べれば並べるほどそれで叶う気がしていました。お父さんは昔から、お土産といえばそれぞれの干支のもので、でも私は酉《とり》で姉は午《うま》だからどちらもあまり嬉しくはなかった。私は蕁麻疹《じんましん》も出るし肌が弱くて、テレビでやっていたから、米ぬかをガーゼの袋に入れて、その袋はお母さんが縫ってくれて、擦り過ぎもあったのか私の肌は真っ赤になって、そうなってからもしばらくはその洗顔を続けていました。灰のような細かさでした。食べ物を顔に塗るのは、あまり良くないんですよね、無知で。姉はベランダで、浅い箱庭のような寄せ植えの花壇を作っているでしょう、先生に言われたからって、あれは今蔦のようなやつばかりが伸びて、箱から流れ出ています。花瓶なんですけど、昔お父さんがあれを私の足の甲に落としたんです。重かった、押しつぶされた、お母さんとすぐに病院には行ったんですけど、仕方ないだろう、って子どものを、自分の足だと勘違いでもしているみたいに。歩きにくくなるのは私なのにね、驚きますね、自分のは長々と痛むこともないくせに、姉も親になってしまえば怖いわ。でも出産なんて大変ですよ、立ち姿は不安定になっていって、友人は麻酔と痛みでお産中ずっと吐いてたって、体がひとりでに熱くなって冷たくなっていったって。何をされても、文句をどこに言ってももう戻りませんから、友人は無事産んだけど。私たちには幼い頃のような、折りたたみ式のプールでひたすら水を汲んでは外側に捨てて遊んでいたような、公園の迫る急斜面の坂を登っては下ったような、そういう反復に次ぐ反復が、これからも大事なんでしょう。向かいの家にはミニ四駆の大きな走行レーンがあって、速度を使って上に一回転するような、その家にはうちにはないものがいっぱいあった。二人でミニ四駆を持っていって、弾き飛ばし合った。子どもの頃の思い出って食い違うじゃないですか、揉めると、お姉ちゃんなんだから大きかったんだから、自分の方が覚えているはずだって、すぐムキになるの。これからもどんどん少しずつ違う記憶が、末尾に続いていくんでしょう、連なってきたものが二人の背を押すんでしょう。姉の言い分もきっとあるでしょうね、聞いてあげてくださいね。花瓶は姉が、ボンドに絵の具を混ぜて、それで繋いでくれたから前より見応えはあるんです、でも私、そういう素人っぽい置き物好きじゃないんです。治療のことは、先生にした話や進み具合は私たち、お互い何も教え合わないんです。今日も帰ったら姉がたぶんお湯をすぐに沸かしてくれて、それを大きめのどんぶりに入れてくれるでしょう。水で割ってちょうどいい温度にしてそこに手を、コンパクトに折り曲げて、撃ち込むように沈めて手湯をやるんです、それで喋っていれば上半身はすぐにあたたかいの。私たちこうして工夫して、上手にやっていこうと思ってるんです、何とか自然にこなしていくの。

市場

私たちはこう横並びでいる、祖先の誰かが初めてここに屋台を出し、それが連なり市場として引き継がれ、互いににおいの移る。石の壁の遺跡が市場の末端にはあり、切り出し四角くした石が積み重ねられ彫刻を施され、それが人物やストーリーを形作る。夕日ならあたたかげな色に光る、下を掘れば昔の土器など出土するだろう。壁に沿い残飯が捨てられ続けるが、それで地が汚れるわけではないと、私たちは信じている、踏めば虫が跳ね、そこに草木は根付きはしない。

牛飼いが通る、牛が糞をしないうちに、昼食をどの屋台であつらえようかと急いでいる。辺りを見回す牛を私たちはぼんやりと眺める。獣のたぐいは見応えがあり大歓迎だ、牛への親しみが私たちに居着く。炭火の煙に、牛はうっとりと目を閉じる。水を多く含んだ大きな瓜を、青物屋が皮も剝かず割り、投げてやる、牛は白い瓜につく泥の濁りごと舐める。この牛は、人を外見だけで上手に見分ける、見かけの特徴の、何を目安としているかは知らないが。褐色の屋台たちは皆高さもなく、押しつぶされているようにも見える。文化を引き継ごう、引き受けようという意志を持ち、ここに連なっている。私たちの間には、長くやってきた自然さだけがある、それを意識して商売に励む。どの屋台も恐らく自分よりは長く残る。

少年の屋台の側面、木の板には、魚貝や獣が写生してあり、どの線も激しく曲がる、それは生前の父親と共に描いたものだ。あの時は絵を描くのが流行った、皆が真似して、売り物に関係のない、白い象など屋根に描いた、絵は一目瞭然だ。子どもの読む本にダジャレが多いのは、言葉の調和や違和に気づく能力の醸成を目指すからだろうか、全く面白くはないんだから、虫とりが、背景から何か見つけ出す訓練になるのと同じで、というようなことを少年が大きな声で言う。少年は変声期を迎え、出る声が少なくなっている。喉はもっと自在に使えたものだがと、訝っていることだろう。

私たちは成長著しい少年を、ずっと近くで見てきた。少年は心のこもったやり方で、鶏を平たくして焼いている。肉は丸ごとで骨は外され、炭火で燻され黒く、王の怒りの犠牲となったような姿だ。魚の入った鍋をかき混ぜる、熱せば骨は身から外れるため、その浮いてきたのを取り除く。豆腐を揚げたのが沈みたくなさそうに、押し返しても浮いてくる。砥石に黒い刃を当てる、皿に残る血を洗い流す。洗えば血はなかったことになる。少年の手は常に濡れる、片付けの仕上げに熱湯をかける。

ここらでは見たことのない、少女とその母親らしきものが歩いてきて縁石に座る。乾いた、旅続きだったような髪をしている母親が、少女を叱責している。少女は僧侶のように、一枚布を体に巻き付け服としている。私たちは横目で気にしておく、陽はあちらからだ。お母さん、と少女の口が動く。母親はこれまでにも、娘の梯子をいきなり外すような行いもしてきたのだろうと想像できる。少女は砂のつく裸足だ、泥が足の甲で乾きひび割れている。気温は高いのに厚着の母親の大きな手が、少女の髪を編んでほぐす、手違いをただすように、途中までしてはまた解《ほど》く。少女は母親を、過剰に信じ込もうとしているように見える。

少年は気づき、少女を詳しく知るため近づこうと、細かな材料の切れ端を集め、シチューにして少女に渡す。少女はその乳色のに息を吹きかけ冷まし、葉を食べ茎を食べ根を食べる。細かな脂が浮いている。客が引く時間帯なので、私たちも興味深く様子を見ている。少年の料理は塩辛く、舌の皮が剝けたようになるが、よく汗をかかされるこの地にはうってつけだ。少年は横で少女の咀嚼、飲み込みの音を聞いている、少女から出される音全て聞き取ろうとしている。納得のいかないことでもあるのか、少女は時々首を傾げる。

この子は医者の診療中にも、気遣いを忘れない子で、と母親が私たちに少女を説明する。少女は少食なのか、終盤は遊び食べだった。少年は共有のホースで水を出し、勢いに踏ん張り、遠くまで撒いている。それが終われば鍋の熱に手をかざし、少女を見守る。少女は母親の、紐の緩みのような弱みを見つけ出そうとする目線だ。この本は、初めて一冊読み通したんだ、と少年が私たちに、それよりはまだ皿持つ少女に向け掲げて言う。市場共有の倉庫にあったのを、誰かの書き込みで溢れるのを、油でページも透き通るようなのを持ち、少年は胸に受け止め直す。本が詰まった箱を見つけた時は驚いただろう、自分の行く手にこんな良きものが用意されていたとは、という驚きだ。

読まなかったから知らなかったんだけど、本を読むっていうのは、自分を一旦端に置いておく練習なんだね、と少年は言う。そういう力はもちろん、隈なき読書によって得られるだろう。少年は歴史好きだから、その説明にもより厚みが出るだろう、貧しい知識では語れることも少ないままだ。私たちは誰でも少年の中に、自分にどこか似ている部分を発見できる。勇気を出すタイミング、人見知りの部分、小さなものを嬉々として集めるところ、眉、声、体つきのどこか、集中の顔、何かが幼少の自分を思い出させる。父親の老いた姿を見なくてもいい少年の、手が持つ本を私たちは眺める。

少女は食べ終え、少年が市場を案内する。石屋が売るのは、ナイフで切れるほど軟らかい鉱物、何ともいえぬ手触りのタルク、叩くとニンニクのにおいのする石、山入り水晶など、それぞれその石らしさが香り立っている。少女は膝を抱え込み、石屋のこだわりで地に直接置かれたそれらを眺めている。山入り水晶は、二度目の成長が山型の繋ぎ目を作る、などの説明を、よく通る石屋の声が、客に言うのが聞こえてきて覚えた口上を、少年は少女に引き継ぐ。少女はどれでも欲しそうにする、今のままでは満足いかないという顔をしている。

最近姿を見せ始めた、若い伝道師が通り、少年少女の横にしゃがむ、少年は無関心を装う。伝道師が少女に、声高らかに教えてやっている。伝道師は、より私たちの注目を浴びたく通路の中央に躍り出る。ここで教育を普及させよう、知の壁、その礎の石として、学校を作ろう、牛歩でも、同化と反発、捉え直しがあるだろう、万象に耳を傾けよう、さすれば知らない相手でも、一層心を尽くせるだろう、何かは信ずるに足ろう、と息も継げない早口で話し出す。キリのいい時を告げる鐘がここで鳴り響く、伝道師はそれが耳に残るようで、音のした方を仰いでいる。少女は疑問もあるが、いつも通り何でも、分からないという顔をしていれば終わるだろう、という様子で聞き流している。

道理も分からない奴がよう、と母親が伝道師に鼻を向け言う。母親は毛皮屋の、オオカミだか犬だかの毛皮を触っている。何か仄めかすだけの語りに母親は苛立つのか、痒くて掻き壊したような腕を強く撫でている。教育はでも、少なくとも最初はそうあるべきだろう、と伝道師の声が通る、単調なリズムで続く。頭の中で、その意味を噛みしめつつやっているようだ。しかし明確なものだけが、残るというわけではあるまい。ここは教育などの余裕のない、不毛の地だというのが私たちの見解だ。何ともいい難く、私たちは手と表情で呆れを伝え合う。知らないくせに腹を立てている伝道師はまだ、何かを予言する気で満々だ。何度か試し、座る位置を定めている。市場の、誰もの邪魔になるであろう場所にいる。

次の日も伝道師は現れ、信仰だけを深く持つのか、圧倒的な読書量に支えられてか、自分の意志に燃え、その火で草むらを焼き拓こうとする姿勢だ。少年は少女が来るのを待ち構えている。来るだろうか、と落ち着きなくいる。しかし今日は材料が手に入らず、少年には売るものもない。そういう日は休むものだが、来ても自分がいなかった時の少女の無念を思うのだろう。少年の並びの屋台が作るのは、蛸をこれだけ柔らかく炊き上げられる、と示すためだけの煮物、空気を多く含む揚げ物、向かいはあり合せの肉と野菜を飯に包むスタミナ料理、熱せば出る脂を、地面に流し捨てながら焼く大きな魚料理、それぞれ自分の、洗練されたやり方でやる。シンプルな味の後には複雑なのが喜ばれるなど、時代で揺り戻しがある。

ないなら盗ってきて作るしかない、やめさせたいなら、縛りでもするしかないよ、と少年は挑むように言う。縛るなど思いもよらない、という表情を私たちはする。私たちの涼し気な、前開きの半袖シャツと、膝までのズボンが動きで揺れる。水たまりが池になった場所では、鳥が水面を叩きながら低く飛ぶ。少年の手首を摑む者もいるが、ぬめる汗も手伝って、少年はその細い手首を鞘から抜き取るように、摑まれた手の輪から逃げる。誰も適した縄など持たず、あるいは父親であれば縛り、家というものの中に閉じ込めたかもしれない。盗みなどは軽く、見つかっても打たれるくらいの罪だろう。どの家も狭くみな遠出などしないのだから、忍び込んだ時点で誰か見つけ、そこで咎めるだろう。それが縄となることを期待する。

私たちはせめて家主が残忍ではない家を教えてやる。生臭い、生き物が住んでいるに違いないと、思わせるような海の前の家だ、川が入ってくる海だ。無音がその中を満たす、住んでいるのは、自分はもはや最晩年だと、ずっと思いつめている老人だ、いつも眠りの浅瀬に立っているような、もちろんそれは一番いい場所だ。寝室から遠い裏庭から入るべきだ。その老人に何か聞けば、我流なんだがと前置きし、とてもいいアイデアを出してくれる。恐怖を薄めたものを、受け入れやすい状態にした恐怖を、私たちに教えてくれる。下手な文章に付き合ってくれる。

茶色いんだ、奥が、と少年が歯を見せる、父親の監督があれば、奥歯が溶けるようなこともなかったか。歯痛は放っておいたのか、まだ永久歯に生えかわっていない部分だといいが。私たちは誰もが、少年から憎まれないくらいの距離を保つ。首を曲げるくらいの非難は示す。誰も、親と折り合いなどついたことがないのだと教えてやる者もいるが、少年はいつも分からないままの顔だ。少年は私たちが教えた老人の家へ。寄せ集めで、本棚でも作ってやろうか、あの子に、と誰かが言い出し、それならあれも、しかしあの本は参考にならなくて、と私たちは自分の収集した本を頭に浮かべる。知らないことほど、マヌケなことはないからな、と誰か笑い、本が役立った体験談を、私たちは口々に語る。本がなければ、硬いものはよく嚙めば飲み込める、くらいのアドバイスしか人にできなかっただろう、と言う者までいる。

盗ってきたよ、簡単だったよ、住んでる人は寝て平らなままでいた、床が汚く濡れて、裸足だから気持ちが悪かった、と少年は自慢げだ。売るものがなければ盗品を売ればいいんだね、そうだよね、と心もとないのか、私たちの顔を確かめる。私たちは裸の背に、冷たく濡れた革を羽織ったような気持ちになる。裸足で心細くなり少年はきっと、いつも首から紐で下げる、シャチの形をした木製の細工を握りしめながら床を進んだだろう、と私たちは容易に想像できる。尾びれは平たく少し割れある、開けた口に紐を通す、何か願いがこめられており、その父親から受け継いだものだ。

少年の父親の葬式は暑い日で、涙が汗を道連れにした。死ぬ時は父親の手が空を掻き、木から実をもぎ取るような動作が続いた。少年は落ち着かない時には木のシャチを体に、それで冷やすように押し付ける。悩めば痛くなるその幅の広い胸の帯を、シャチの平らな腹でなぞっていく。何か吸い取りどこかへ逃がす。風で寝る長い草か、枝が傷付けたのだろう、脚に線が入り血が滲んでいる。少年はそこを撫で擦り、なかったことにしている、乱れが乱れを呼ぶ足取りだっただろう。お下がりで貰ったという靴は、まだ父親の癖がついており、当たって痛そうだ。父親に似てきたと私たちが励ませば、少年は顔を両手で押さえ、それで確認しようとする。少年は早速、鍋に水を注ぎ、戦果のハムをそぎ切りにする。

忍び込んだ先の老人の家の、見慣れぬ場所の西洋風の机や削られながら開くドアなど、少年の目に映ったであろう、耳を掠めたであろうものを私たちは想像する。豚の滑らかな革の椅子、堂々たる鴨居、海鳴り、少女が好みそうな柄のカーテンでもあれば、切り取り運んでくるくらいのことはするだろう。盗んで得ることが、第一義となってしまわないか。本をもっとたくさん読めば、何事も自分に引きつけて考えられるか。私たちの誰もが、その家に一度は盗みに入ったことがある。上手く大きなのを持ってくる者もいれば、見つかり悲しい顔をされる者もいた。老人が、見つければ私たちを諭す。あの老人がいなくなればどうしようと私たちは思っている、もうずっと前から、老人だったような気がするが。鳥が、池を叩きながら飛ぶあれをまたやっている。

少年は、少女がここに来るのを待つ。盗品だと告げるのか、それともそれだけは少女に知られたくないのだろうか、恥ずかしそうに出すのだろうか、と私たちは注目する。盗みが生活となれば、少年はより一層心をこめ、ためらいなくやるだろう。自分にはこれしかないと思いつめるだろう。少女が母親に、殴られながらこちらに来る。母親は、何か待つのか縁石に座る。少女は石屋が並べる品をずっと眺めている、得られなかったものなので憧れがあるのだろう。少女は若く、何も持たない、親しか持たない。どこに運ばれていくのかも分からない、という子どもならではの恐怖があるだろう。

少女に成果物を手渡し啜らせながら、屋台を二人でやろうか、お金が貯まれば、家でも作ろうか、と少年が言う。新しいものを作るなら雨季以降だ、と私たちははやし立てる。私たちはいい聞き役だ。見捨てられ、廃材になったものからまた作り出すのだろう、必要なものは、後からいくらでも発生するだろう。不足分はまた、木を切り倒してくればいい。少女からは、望み通りのことをいつか誰かがしてくれる、という期待が見て取れる。今は青物屋の、アスパラガスの重なりに手を差し込めば、小虫がワッと埃のように舞い手を包む季節だ。そんなのを気にしていては、青物屋などできないだろう、虫に食われた葉は自分で食べている。見えない汚れなら存在しない。乾いた葉の方が風で音が鳴る、ただ濡れているだけで光だらけの細い葉もある。

噴火があったのか地が揺るぐ、火山灰が降ってくる。初めて見た噴火なのか、伝道師はおろおろしている。目の覚めるような眺めだろう、ただ持ちこたえているだけの自然だが。どの屋台も、形を得た火を一旦消す。よくあるので慣れたものだが、この後の片付けを予想し肩を落とす。どの屋根も、重みによる破れに備えている。熱された沖のにおい、煙たく暗く、しかしここにいる以上は黙々とそれを受け入れる。口を開けると何か入るので、全て喋らず行う。赤く垂れる葉の後ろ側にヤモリが隠れる、私たちも布などの下に入る。差し迫ってくるものをとりあえず避ける、全て営みを忘れたように内に潜む。顔の見えない私たちは、手で無事を知らせ合う。

灰の積もりだけが、時間の経過を感じさせる。礫は小さいものほど遠く飛ぶ、私たちは屋台の下で、万象に耳を傾ける。隙を見て布を濡らし、顔の穴を覆う。火山の近くに市場はあるが、私たちは赤く流れ下る溶岩を見たことがあるわけでなく、灰とガスに森を焼かれるということもなく、降る火山灰も、土壌を肥やす程度だ。鍋が吹きこぼれるみたいだよねと少年は少女に、対処の仕方なら知っているから大丈夫だという明るさで言う、身近なもので、もう驚きも不思議もないと。あなたも不思議がらなければ、つまらないと少女は答える。噴火が終わったので、私たちはまた火を起こし、火は新しく形ある。少女は焚き火の装置の前で、分からないなりに火を手伝う。つつけばまたやがて火が出るとでも思うのか、焼き払うべきものでもあるのか、自分が満足にコントロールできない独自の形に見惚れるのか。額に風が当たり、前髪が散らかる。少年は少女の前では、顔の筋肉を意識する。

何か獣がしきりに吠える声が、響いている気がする。暑さで木が音を立てる。分からない分からない、しかしそれが神の御心ならば、と伝道師が叫ぶ。騒ぎがまだ収まってしまわないよう、人間がいかに小さく愚かか、それを大声で懺悔している。ひざまずき、天を仰いでは頭を垂れる。遠くから来た者は知らないだろうが、この程度の噴火だ、驚きを与えることなくただ噴き出すだけの、潜むものが穏やかに顔出すだけの、と私たちは考える。あちらから来るのなら、伝道師にだって顔拭く布を貸してやるのだが、我慢を良しとするのだろうか。私たちの、好奇心などまるでないような目が、平然と、惑わされることなく伝道師に注がれる。

少年と少女は暇なのか、互いに指をどれだけ反らせるかを競い合っている。体だけで遊んでいる、それがより、先に進んでいく予感がある。牛飼いの連れる牛が倒れるので、私たちは駆け寄る、大勢いるので何とかなる。みんな励ます手つきとなる、牛の肉は押すと跳ね返す、支えられ、最後の方は自力で体を起こす。牛の横に馬のような流木。牛は、この身の自由など感じたことはないという、歯を食いしばるので笑顔に見える顔で、きれいでもないが濁ってもいない地に這う水を舐める。牛は地を蹴りに蹴る、少しクッション性のある、灰の混じる、濡れた細かな砂の気持ち良く。魚屋は、もとから自らの血で黒かったような、灰でより汚れた魚の丸ごとを、水で洗い流す。青物屋は同様に、たわわなブドウを拭き上げ、並べられるだけまた並べる。箒で掃き、地に灰を混ぜ込む。無理に張られ、それと灰の重みで破れた屋台の、屋根や足もとの布をまた期待をこめて張る。布はどんどん引き伸ばされていく。

二人は眼前の風景を伝え合い、互いに上手に言葉を運び、噛みしめようとしている、複雑さを単純にしていこうとする。言葉の至らなさを体が補う。少年は少女の声に聞き惚れる、話はよく分からなくとも、流れにより棹さしてやろうと、懸命に頷く。こんなに無理なくスムーズにと、互いが高揚している。少女は全身で、少年の体を巻き込む。少女は母親に、離れてもいいかと問う。母親はその言葉を昔から待ちかねていたように頷く、懸命に背負っていてもどうせ溢れ落ちる、子というものの手を離す。少年は喜びの声を上げる、若さとはもう距離を取った私たちには、出せないような。少年の一挙手一投足が、私たちに彼の父親を思い出させる、早逝した彼の、凜々しい顔やおどけた顔などを。それが少年の頭にも同じように、もしくはより鮮やかに浮かび、彼の苦しみを和らげてくれることを私たちは望む。時間だけが持つ効用がある。意味も持たせずに動かす手足は、父親のより少年の方が長いかと、私たちは見当をつける。

この後のことは、私たちには容易《たやす》く想像ができる。二人は惜しまず頬を緩め、どの仕草からも意味を読み取る、共に得ようと大いにやり、その時強い方がその時弱い方を力づける、振り払う手をまた繋ぐ、言葉は出なくなってくる。少年は木のシャチを振り回し、自分の屋台の、できるだけ灰を被っていない場所に横たえる。シャチの背景が少年の胸でなくなったことに、私たちは寂しさを覚えるが、紐は解かれるために結ばれるものだと自分たちを励ます。手に取ればシャチは、持て余すほどの凝った作りだ、体のパーツで木の種類も異なる。自分は父親とはまた違うということを、私たちと自分に見せつけたいのだろう。

火山灰を集め、記念にか袋に入れ、こんな揺れる地で教育などはできまいと、伝道師は他に救済を探しに行くようだ。銀色の鍋が転がってき、誰か、誰のだ、と伝道師は形だけ呼び掛けるが答えがないので、鍋底を拭くと灰と汚れが取れ自分の顔が映る、久しぶりに見た、顔など存在しないようだったから、興味深い模様だというような顔をし、自分のリュックサックにその取っ手を結び付ける。自分のものになったのでより丁寧に、ついていた指紋も拭き取る。自身の意に反するのか、憤慨したような動作で行われる。山頂から離れる方向へと逃げていく、ここへ来た意味付けなどは、後から一人で行うのだろう。灰など初めて踏んだか、灰は細かく、最小の地であるか。結局そういう、小さな鍋一つが役立つのだろう、成果といえよう、と私たちは伝道師を見送る。私たちは伝道師を、踏みつけにしたいわけではない。

家で待つあの老人のように、来る者を教育する機会を待ち続けるような、それが伝道師の言う学校ならば、それはとてもいいものだろう。私たちの寄せ集めの本棚を、老人亡き後のあの家に設置すべきではないだろうか、と誰か言う。また少年がそこから手に取り、本から何かを読み取ろうとしてくれればいいが。読んで筆者の全ての目配せに気づき、削られたものや力の入った部分を了解する、という読書は、私たちにだってできないが。少年の、シャチの横たわる屋台をどうしようと、私たちは顔を見合う。減るというのは恐ろしいことだが、屋台から体がはみ出すようになっても、いてほしかったが。置いて去っただけだ、父親のことなどもう頭にもないわけではあるまい。シャチでなく少女の手を当て、これからは胸の痛みなどを抑えるのだろう。

軽い草が飛ぶようになびく、雪崩《なだれ》落ちるようにして、少年と少女はあちらへ走る、ゴミを吸う地の、その反対側へと向かう。傾斜のきつい下り坂のため、すぐに姿が見えなくなる。少年は、遠のいていく父親の気配を、喜んでいることだろう。私たちは教育の機会を失い、眺め入り、速さにただ感嘆する。あれでは自身が停止を望んでも、進み続けるだろう。あれほどの速度だ、自分を端に置くことなどは、やはりできまい。土の窪みが水を溜め込む。横並びの屋台には少年一人分の空洞が、私たちに残される。

本汚し皿割り

もう夏の傾く頃、秋の立ち上がろうとする頃だ。ファンが米の飯、スパイスで羊の肉を炒めたもの、傍らには皿の空白を埋める千切りのレタス、それらを持ってあちらから来る。まず詩人が、スパイスの爽やかさを味として飯を口に大きく送り込む。肉は中ほどの繊維の分かれ目から割けるだろうと、見当をつけ噛みちぎる。肉片には大小の別がある、ファンは大きいのを詩人の方に、箸で放ってくれる。詩人の気分の好転を願うのだろう、細かく叩けば餃子の中身にもなる羊の肉だ。

最近会うことのない仲間たちを思い浮かべ、人付き合いに聡いだけの奴らだと詩人は思い怒りを鎮める。大浴場でたむろし、仲間たちは詩人が話し出せば、耳障りだと示したいのか、半分耳を折って餃子の形にした。仲間の内でも、獣を背負うように、背に毛を生やした一人がそうし出し、皆それに倣った。そのような程度の低い、と詩人は思い、肉なし餃子か、と揶揄すれば、お前の文章と一緒で、空洞のみよと仲間は答えた、関係に傾斜があった。あくまで自然にしようと、では、と言い詩人も餃子にしてみせた。

それで誰も何も喋らなくなり散会、ということが何度かあり、妻こそ最良最大の仲間ではないかと思い直し、最近では詩人はもっぱら家にばかりいる。家で妻からなら、何でも力まず受け取れる。ない袖振りつつ外で飲むより、却っていいのではないか、互いに酌でもし合い、酔いが手を震わせるので二人の手は酒でべとべと、というのが幸福というものではないかと、詩人は思い込もうとしている。

そういうのが詩人の気持ちを塞ぐのか、夜遅くに食べ、吸う息も浅く、体を横たえるのも緩慢な動きとなっている。動静、動静と唱えながら、有無、有無と唸りながら、紙の上、詩では断定ばかりをしていく。孤立は自身を助けまいとは思うが、人付き合いの意欲も減じてしまい、このようになっている。接するのは居を共にする妻と、通いで世話をしに来るこのファンだけとなっている。

これは二年ほど前、駆け出しの頃に詩人のファンとして現れ、この家の家事など一手に引き受ける者である。昼飯を作って持ってき、夕食の始まる前には遠慮して帰る。妻は朝から夕まで外で働く。詩のメモや原稿など、狙って奪うのではないかと、ファンが家にいる時には手で隠しながら、鍵付きの棚に入れながらしていたが、毎日のことなので詩人ももう面倒くさく、二年大丈夫なのだから大丈夫だろうと、疑心はわざと意識の外に捨て置いている。

詩人の字は、角や丸みが引っ張られたように尖り、外に向かう力でもあるかのように広がる字だ。ファンはこんな字を書きたいと、捨てられた原稿は自分のものにし綴じていき、練習帳としている。自分は何だか申し訳なさそうな字を書く、このようにのびのびと書きたいもので、と言いながらファンはなぞって書き、手に馴染ませようとしている、そのような、豊かな趣味を大切にしている。妻は詩人に比べれば万能で、詩人に愛着があり、詩人はその愛着だけでやっていこうという、もたれ掛かって歩こうという決意でずっといる。

愛着は妻を貫き、その紐が今でも張りつめている。対して詩人の妻への愛着は、倒れたロバが蹴られてまた歩き出すような、合図があれば思い出すようなものだ。どこが好きなんだと聞かれれば、妻は詩人の背中を指差すだろう。そうか、そこは自分の体の最も気にならない部分だったが、と詩人は答えるだろう。二人の会話は、詩人は言いたいことだけ言い捨て、捨てたのでもう言ったこと全て忘れるような、妻は言われたことを吟味し、何ヶ月後もそれで考えを巡らすような、そんなものだ。

詩人は図書館に行くのが最も心楽しい、両腕で本を抱えこれら皆、自分の好きにできるわけではないが、本の中の知識、快、全て自分が受け取れるのだと、いつも図書館では恍惚とする。多くの誰かが触ったページの、下の方につく柔らかな曲線の折れ目、手の跡を活用してめくっていく。借りた皆で汚してきたような古い本は臭く、安穏に寝転び顔の上に開いて読むという姿勢はできない、何か降りかかってきそうなもので。

よく押さえていますね、胸でも悪いのですかとファンが問い、では空気のいいところへ旅行めいたことでもと提案する。ファンと妻の故郷は偶然にも同じであり、距離はあるがそこへ行くこととなる。最近は尻に出来物も点在しており、着席して詩の言葉を捏ねていても、それを思いやるので時々尻が浮く、では気でも晴らすかと、詩人も旅行に賛成する。詩人と結婚の挨拶にも行かぬまま妻は両親を亡くしたから、里帰りなど初めてで妻は乗り気だ。ファンは頭を下げては上げ、上手く接待できますかね、と自信なさそうにする。

詩人の荷造りは下着とペンとメモ帳のみ、メモ帳が字で重くなることだけを成果とする。詩人は自分のメモを眺めている時のみ、書く詩を思いつく。短いメモでも貴重である、言葉の、更なる厳密さを希求しながらやっている。過去のメモでも、時が経てば底にあったものが舞い上がるので捨てられない。目鼻耳頭から去来するものを次々と、体に含み手から出す、いいメモが書けた時には、興奮に、走り出すかと思われる。字が雑過ぎて他の人が目を凝らしても、ただの汚れであろうメモ書きだろう、と詩人は愉快になる。

その他の、必要な荷物は妻が持っていくだろう、旅行で何が必要になるかなど、詩人には予測できない。雑事を任せっ放しにして、すまないよねと詩人は妻を振り返って言ってみる、この場には最も適していると思ったので。それ以外に、特に言葉はなかったもので。雑事、と妻は笑う。来世も、雑事を全て担ってくれる人と、早くから暮らしたいものだと詩人は考える。妻はそれも持っていくのか、大きなタオルを抱え体を揺すり、子をあやすようにしている。詩人は子どもはいらない。子どもには多く譲ってやらねばならない、という意識が詩人は強いため、そんなものを作り、育む気にはならない、多くを譲るなどできない。

三人は乗り物を乗り継ぎ、野を越え山を越え行く、ファンは少し上で手招きし、詩人は手を使い足を使いそこまで行く。早く早くとファンは急かすが、詩人は足を一歩ごとに落ち着けながら、ジャンプはきちんと踏み込みながら進む、跳んで転ぶのは自分なのだから。山からの眼下の景色を、こちらです、と言いつつファンが両手で差し出すようにする、自分で練り上げ作り上げたみたいに。詩人は眼鏡を通して見るので、いつも視界の端の処理は甘く、上手くはいかない。

詩人が持つ鞄は、雨に濡れてもそんなには気にならない、表面波打つ加工の革のだ。水筒の中であたたまった水を飲む、真似すれば似ていくとでも思うのか、ファンも慌てて自分の水筒に口付ける。ファンのにはまだ充分な水量、詩人が望めば恐らく分けてくれるだろう、旅慣れているねと褒めれば、何でも貸してくれるだろう。鳥が立ち寄る柵に葉が積もり、美観を損ねているが、過客であるだけの自分にはどうすることもできない、と思い見過ごす。詩人はどこでも過客だが、我が家ででさえも、見慣れた壁紙の中にいてさえも。

影を踏み光を踏み進み、ヒールがすり減り、バランスを欠きながら前を行く妻の靴が、詩人は気になる。なぜヒールのある靴など履いてきたのだろう、結婚前の挨拶のつもりか。靴は守るためのものだろう。誰に、少しでも脚を長くなど見せたいのだと、聞けばもちろん妻は、あなたのためにと答えるだろう。それくらいの微増のために、歩きやすさを捨てるわけだと、詩人はそれが我慢ならなくなる、暑さのせいもあるだろう。今日は妻の上半身だけしか、目には入れるまいと決める。

ほら海も、とファンが指差す、穏やかな内海、ここで衰え朽ちようと宣言する海辺の小屋が群れる。澄んで見えたので、詩人は岩の窪みに溜まる水を音立て吸う、蚊に嚙まれたので膝の盆の部分を搔く。そんな水を飲みなさんな、と妻が戒める、頰は緩んでいる。自分の前でしか、この人はこんなことはするまいと思うのだろう、詩人はどこの水だって誰といたって飲むが。故郷を見下ろしつつ、妻は風で散らばる髪を櫛で撫で、まとめ上げ直している。詩人は疲れた足を休め、自分の靴擦れの、少しの不運を嘆くだけ嘆く。後は山を下れば着く。

妻もファンも詩人の語るのを聞きたがる、ファンなどは特に文学論を。書き方の癖、それだけで書き進めているとしても、まあ書けているということで、どの言葉も古今絶無とはいくまいからねと、適当に励ます。しかしね、知る満足と知らないままでいる幸運、これを天秤にかけた場合だ、天秤は恐らくちょうど釣り合うから、結局個々人の選択と運命なんだ、選択が先だ、と詩人は説明する、何千度も何万度も裏返って、それでその時表側だった面を、人に見せるしかないんだからね、いいものはいいと、直感し得るとは思うけどねと、詩人は教える。

大浴場などで、仲間とこうして論をぶつけ合い励まし合ったものだがと、詩人は思う。浴室の湯気で皺の寄る空気、男たちの、出して日で焼いたはずもないのに茶色い尻、気づいてしまった気づいてしまった、という各人のポーズ、懐かしい。そこに発生した雰囲気に詩人の気分もやられて、神や仏がのり移ったかのように見せながら、自分も語り出したものだ。皆を使って、自分の頭だけが打ち勝ったつもりで、後の美酒に酔いしれたものだ。不和などはあってもそういうのは、仲間内ではこのまま表には、皆出さないものだと思っていたが。

山を下りてから気づいたが、ここの言葉は詩人にはよく分からない。ファンに問うと、私はすごく勉強してから出ましたので、訛りもなく、奥様も恐らく、と照れた様子だった。通り過ぎる人々の会話も聞き取れず、思いつくこともこれでは多くはあるまいな、と詩人は肩を落としメモ帳は鞄の奥底に、揺れで移動していく。妻の生家はそのまま残っているとのことで、宿泊はそこだ。空き家にしていては傷むため、親戚でもない子連れの家族が住んでいるという。一泊でも、共同生活など詩人の性には合わないが、彼らにもこちらの詩の飛躍に、一役買ってもらってもいいわけだ、と思い直しメモ帳を握る。

天井の木目に人の顔を見るような、臆病な子どもで、これもつけた当時はこだわりの高さの、両親と何度もジェスチャーで試してつけた手すりで、と妻は言って頭を垂れている、その手すりを撫でる。首は細く、折れるならまさにここからだという目印のようだ。妻の性格というのはどこまでが根っからの、子ども時代からのものなのか、と今まで考えたこともなかったのを詩人は考えてみる。

ドアの開閉で窓も震える家だ。住んでいる家族は変な特徴もなく、三人はスムーズに夕食の席に案内される。どうです、詩の参考になりそうですか、とファンが詩人の顔を窺う。言葉も違うようでね、切っても切っても出てくるというわけにはいくまいね、詩は、いやどうかな無限か、と詩人は答える。ファンは冴えない顔をしたが、詩人にはその表情を変える力もない、つまらないことからも詩を見つけ出すのが仕事ではない。

料理は全て、捨てられる紙皿紙コップで出てくる。非常事態じゃない、と詩人が笑うと、ここらでは毎食こうです、とファンが偉そうに解説する、くり返し皆で使って、ベタついていく感じが嫌なんでしょうね。妻もファンも、知らぬ家族も、皆嬉しそうに食べている。大浴場を思い浮かべる、あの赤銅色の湯、産毛の生えた茹だる餃子の耳たち。お前の書くのは枝葉ばかりじゃないか、太い幹などなく、とまた言われるか。高い幹だけの木は異様だが、分かれた枝だけが絡み合うような木は、自然の中にもあるではないか、特にそれが美しいとも思わないが、と詩人は飯を口に運びつつ考える、異国の味だ、詩人にとってはどの皿も、慣れぬスパイスのひと工夫が邪魔だ。

何か思いつきそうな気がしてメモ帳を持ち上げはするが、これほど大勢でいると詩人は言葉が浮かばない。メモからペンを、離してひと呼吸置く暇もなく、一筆書きのようにして書きたいものだ。メモのままでは言葉は預かり物で、清書していけば自分のものとなる、加筆加筆、考えはその後にくる。ここに住みましょうか、と妻が言う。ご冗談を、と詩人は笑うが、案外冗談でもない様子で、ファンも何か事前の打ち合わせでもあったのか、大きく頷いている。家を預かっていた家族は、いきなり追い出されるかと不安げになるのを、あなたたちもまだ住めばいいじゃない、広いんだし、と妻がなだめる。これで詩人以外の全員乗り気となる。

言葉が全然通じないじゃないか、と詩人は言う。ここは結構ジェスチャーでまかなうようなところがありますから、とファンがフォローする。じゃあ何かしらは伝わるのか、と詩人の返事は尻すぼみになる。食べ物が合わなそうだが、あら味付け次第でしょう、家具なんかどうするんだろうね、今の家も家具なんかないですね、仲間も作り直しだが、作り直せるわよいくらでも、と詩人の疑問は妻とファンにより次々と解決されていく。

詩人には大切にしている陶磁器が山ほどあり、本以外の趣味といえばそれだけなので、それらが割れてしまうような移動は心底嫌だ。安くはあってもどれもどこか行った記念であり、酒器など首の細く、洋皿は一筆一筆描かれ、セットのコップ、大粒の砂を活かした茶碗、厚ければ頼もしく小さければ可愛く、少しでも壊れなどあるのはすぐに捨てるため、持つものは全て完全無欠であり、祖父から譲り受けた高価なものも少しあり、地震などを恐れながら棚の奥に並べてある、日々取り出しては磨いている。

引っ越しとなれば、食器に危険が伴うがそれはどうかと尋ねれば、あなたは慎重に、それだけを持ってくればいい、と妻は答える。しかしあらかた割れるだろう。執筆どころではないね、と嘆息すれば、そこから着想が得られますねとファンが励ます。大きな図書館でもあるのかな、字が違うかと詩人が言えば、ここらは食器でもう紙は使っちゃうからか、本なんかはあんまり置かないんですよ、だから図書館も本屋もなし、とファンが説明する。酒の種類は豊富な地域です、あらゆる穀物、果物から作ったのが並びます、と付け足す。ファンはどんどん酒を注ぎ、飲み続ければ月の出ぬはずのところに月が見えたりするのだから、愉快なことですよね、と話題を本から遠ざける。

自身の生活力のなさを詩人は呪う、家のことなど何一つ考えたくはなく、本なら目を潰さんばかりに読むくせに、書類など理解できたことはなく、横に誰かいなければ寄る辺ない、日々などたちまち空中分解だ、ぎゅっとまとめ上げる力は詩人にない。詩人一人になれば必要なことを次々怠り、息切れし、外での新たなことも知らず、どうにもならなくなったのを力ずくでひっくり返す、というその力もなく押しつぶされていくだろう。

言葉も分からず、近所から聞こえる会話はただの騒音となるだろう、メモにそのまま写せぬわけだ。そう文句を言えば、ここの言葉も学び直せばいいと二人はアドバイスしてくるだろう、学校じゃないんだから、もう一から何か覚えようと踏ん張るなどしたくもないのだから。既知のものの成り立ちは知りたいくせに、知らないものはもう知らぬままでいたく、学び始めの、これは何だという混乱を楽しめない頭なので、前からできることだけをしていきたく。暇な時間には何をしよう、読むもの磨くものなく。図書館、あの質のいい蔵書、奪って出てくるには多過ぎる量。酒は豊富だ、それを紙コップで飲むわけだ、何と実用だけだ。

酒が頭に回ってくる。仲間などは前からいらないと思っていたのだ、高笑いしか笑い方を知らぬような奴らだ、本を開けど読みの甘い。ここで詩を書いていけば、奴らも到達せぬところに行き着くかもしれない。意味からはどんどん離れしかし万感籠る、今までは、ものすごい整い方の文だと、言わしめることのみ目標としてきたが。引っ越しか、得意なんですよね、とファンは笑っている。これ見よがしに張り切るな、体が強いのでその余力で、人のことも考えられるというだけのくせにと詩人はファンを見る、そういう余力に支えられてきたわけだが。

引っ越しは二人でやるから、あなたはもう今日からここにいていいじゃない、と妻が言う。荷物の整理は自分でやりたいな、遺品整理みたいになるかもね、ものを少なく少なくして、と答える。危ない、家からここまでの道順を覚えていないのだから、逃げられなくなるところだ。道順など片道では足りず、往復してやっと頭の中で繫がるようなものなのだから。不安や恐れなどは隠すほどに外に現れるので、何も考えていない風にする。山ほど選択肢を持つが、何となく妻とファンについてやって来た、自力でいつでも逃げられるがという顔を、ここではいつもしていなければならないだろう、舐められるから。

詩に何を書くかくらいしか自由はないわけだ。夕食の席では紙皿紙コップが、使われどんどん捨てられていく。ここに住めば土からできた食器など、皆で使い古びていくものなど、気持ち悪いと思うようになるだろう。越して来るとなれば、趣味の食器は全て割ってから来ようと、詩人は潤む目をする。運命といってしまえばただ聞こえ良く、その運命に歯向かわずやっていこう、皆でものを共有せず、自分のものだけ汚し割りながらいこう。秋の始まり、夜中、虫たちはいつ羽の力を抜いているのかという鳴きぶりだ。

軽薄

私の妻なんでしょうか、違いますか、おかしな質問になっちゃったかな、立ったままでは、こちらへどうぞ、まあ秋の終わりからは、石の椅子など座りたくないほど冷たい、座れないならもう椅子ではない、布から冷たさは染み通る、そういうものですけど、幼い頃から身近に潤沢にあるものだったら、私もこんなに執着はしなかったでしょうね、金のことを考えなくていいのが金持ちの条件であるように、持ってるものなら注意も向かず、困らないくらいあれば困らない、短所はいつまでも伸び足りず、少しの前進に驚くほど力がいるんですから、水を手に入れられないまま過ぎ去った給水所はよく覚えており、思い出せば喉が渇き後悔は喉を潤さず、次の給水所で得たとしても、その耐える時間があったということは消えないんだから、水は喉にすぐ染み通りますけどね、取り返そうと思っているわけではないんですよ、青春をというのかな、自分に過去振り分けてもらえなかった取り分、経験を、それはもうそこの給水所で私は得られなかったんだから、不足の記憶を抱いて走るしかないんですから、全くモテなかったわけでないとは思うんですけど、でも若い時って、見た目の良いのが総取りしていくじゃないですか、小中高校くらいの話ですけど、それはそうです、教室の中で見れば立場は同じ、中身もそんなに大差なく言葉も拙い、私が紛れてしまうのも無理はない、そう言い聞かせながらでもないですが、若い時はそれで過ぎ去り、廊下や通学路のカップルを指を咥えて見、人が動いているそういう場所の方が、カップルって悪目立ちしますから、まあ目立とうとしているようなところもありますから、周囲なんて意識の外にあるでしょうが、社会人で初体験して、でもあの時手に入れ損ねたものたちは得られない、だから大人になっても制服着て性行為、なんて文化があるんでしょう、付き合った人数は片手で足るくらい、この言い方なら五かもしれないし一かもしれない、こういうフレキシブルな表し方がメジャーで良かったです、結婚してそれなりの期間になりますけど、結婚後にも好意を持つ人はこれまでに何人か現れまして、優しくされれば嬉しいんだから、寄って反応があって、でも何も変わらないんですよ、家庭が大切ですから、何も変えたくないんだから、私は過去だけを変えたいんですから、誰にも相手にされなかった過去は、変わるもんじゃないんだけど、でも過去の自分より現在の誰かの方が手の届く存在なんだから、昔の自分を撫でる代わりに今誰か撫でているわけで、過去など手出しできない、だから相手がね、若い頃モテてきた人であるほど価値ありますよね、何かが引き引きになる予感がしますね、または孤独な人を狙うというか、孤独同士の方が引き合うでしょう、孤独なんて、自分が思えばもうそこから孤独なわけですけど、これも思いようですね、こちらが年上なら、どうもたれられても巨木のように泰然自若、あちらが年上ならおどけるのも負けるのも、こちらからしなやかにそれで雪折れなし、というのがいいと思ってやってますけど、まあ人にもよるわけで、私も木でも柳でもない、自然に喩えるのはいいことかもしれません、空海地に何か言っても、願いを聞き入れてはもらえないのだから、できることはその有り難さ素晴らしさを讃えるのみだと思い切る、好意を持つ人の前ではそうあるべきかもしれません、体の関係までは持っていきたいところですね、繋がった気になれるわけだから、言葉では繋がれないわけですから、言葉は弱い体も弱いか、繋がりというものが全て脆弱なのかな、いくら約束を積み上げても、守られない果たされないと呪っても、繋がりがなくなればその約束も無効、それなら約束し放題でそれで喜ばせ放題、約束なんていつまでも覚えている方が野暮、あの時こう言ったのだからと相手を責めても、気が変わったの一言で覆るのだから、相手からの好意それだけを頼りにし、それだけあれば良く、言葉なしなら約束はできないわけです、手と手ではできない、指切りはただのポーズでしょう、手と手にはその瞬間の触れ合いしかない、脚を絡ませ角度を活用して撫で、顔を背けられればその時顔にはキスできず、体と体には今しかない、もちろん体に過去が滲み出ることはありますね、未来は出ない、体は未来を表現することはできない、顔の角度は雄弁に、過去の性的関係の充実を語るでしょう、握ってきた手の数が、不安や焦りを取り除くでしょう、もちろん将来ここに皺の寄る予感、などは表れ出るでしょうけど、目が眩しさに弱いから将来目には要注意だとか、体が語る未来はその程度です、未来は言葉の領分でしょう、だから体も嫌いだな、過去が嫌いなんだからそうなりますね、繋がるということにおいて大切なのは、余裕というものでしょう、好意を持つ人との会話なら力が入り声も上ずり、肝要なこと言えず聞けずに人の噂話に終始したりするんですから、スノボでもそうでしょうけどね、いかに力を抜けるかってことです、ひと滑り目から遠くを眺め脱力なんてできないわけです、恐怖もあるんですから、スノボをそんなに知りませんけど、ここでも経験の不足が悔やまれます、熟練者は見切るのも早い、モテれば選択の幅広く、それも審美眼が試され難儀もするでしょうが、練習の場がたくさん用意されてるわけだから、幼い頃から私は自意識の塊、恥は恥としてのみ頭に留め置かれ、それが熟した麦となり実りになったりはせず、内部で自分だけが渦巻く一塊、それは皆そうでしょうけど、今は妻がいて有り難いです、心の土台になってるわけですから、それが余裕に繋がりますから、でも土台がしっかりしてくると何か建てたくなる、広く固く、大きなものも無理なく建つ気がする、それで土台が崩れることももちろんあります、言葉はいいな、妻を土台と喩えれば罪の意識も薄れますね、土台には顔なく役割だけあり、大きなもの建てば土台は見えなくなり土台より大きなものは建てられない、家で喩えるとしっかりした感じが出ちゃうんですけど、人生は進むが家は進まない、古びるだけが変化であり、でも多くのことが家で喩えられる気がしますけどね、歳取ってくれば浮き足立っていなければ人生など進めない、堅実な歩みをやってきて、期待だけが自分を押し進めてきたではないですか、幼い頃は親や周囲が押し、若い頃なら野心が押して、今なんかは家のソファに座っていても、心だけ浮いてるような、まあ心は体を出られないので、胸の、皮一枚のところに辛うじて留まっているような、その浮き足立ちたい心が指先から口から出ていこうとする、それが好意を持つ人とのやり取りに、繋がっていくんでしょうね、心はそこからくらいしか出られはしないから、私メールとかＬＩＮＥとかのやり取り好きなんですよ、でもあれって、笑っちゃうくらい同じ内容になってくるでしょう、同じ人とでも違う人とでも、日々とは微差《びさ》を楽しむことなんでしょうけど、挨拶と気持ちとしたことと、言い合えるのはそれくらいでそんなにバリエーションないでしょう、私に文才がないのかな、いや複数人に一気に同じ文面を送って、ほくそ笑むとかいう話ではないですよ、きちんと一人に向けてる文章なのにという、送りながら笑っちゃってますもんね、昨日もこんなん書いたなって、相手もそうなんですかね、それで笑い合えてるなら意味あって楽しいのか、好きでもない人とのやり取りならね、自立しない本の束を手で押さえ続けるような面倒くささにはなりますね、もう雪崩《なだ》れていいから押さえなくていいかと途中でやめる、こちらは家庭を想起させるような話題は避けるわけで、それは相手も既婚者だったとしてもそうです、なあなあで、うちの夕飯はこれだったそっちの家はなんて、家族で何した年末にどこへ行ったかなんて聞かないわけで、そんなのは小学生の会話みたいになっちゃう、でも狭い範囲から捻り出すようなものであっては、話題を選んでいては会話は弾んでいかない、言わずとも透けて見え、というのは会話ではない、大摑みな把握では満足できない、繋がってるという実感、ただそれだけのためですもんね、継続以外に意味はない、繋がっているね、って毎日ＬＩＮＥ送り合えばいいのかな、同じ文面では片手間でできちゃうか、両腕で抱きしめられたという錯覚も起こせないか、切り花をできるだけ長持ちさせんとするような、でもどんどん上手くはなっていくわけです、相手を取り入れ相手に返し、愛撫もそうですもんね、舌を入れ合うキスなんかは、自分の思うがままには動かせないわけだから、範囲があってはみ出せはしないから、周りの空気を舐め回しても仕方ないわけです、相手に合わせてたらもう終わっているようなものですけどね、場所を変える方が手軽ですね、キスの時変化をつけたいならね、舌は縦横無尽には動かない、自分の舌でやってみれば、上唇の捲《まく》れ込んでいるところと上顎《あご》、この辺が舐められると気持ちいい、やっぱり下部分は食べる時に重要な器官だからでしょうか、しっかりしてるんだ、体の中でしっかりしてなければいけない部分は、感じにくいのかな、遊びのある箇所が感じやすいのかな、自分で自分の身を揺するだけなら、ただ体があることだけ感じる、それも穏やかなものですが、自分の両手を合わせるだけで、骨が軋むだけで自分を感じる、結局はそこ目指していくのでしょうが、妻と出会う以前は好意の持ち合いには縁もない、語れることもなかったので、皆が恋の話でもし始めれば口数少なく聞き役に回り、弟との会話であったなら作り話は大きくなり、弟というのがね、私にとっては乗り越えるべき壁といいますか、勝って当然のライバル、こちらもあちらも相手を見下ろしたくそれだけで保つ姿勢は心地悪く、得意なことは違うのだから、相手の得意を自分の得意で塗りつぶそうとしなくてもいいものを、横に並べば見る方はもう目で比較しているんだから、横じゃないか、並ぶのは上下にですね、兄は優れていることをハナから期待され、引きずり下ろされまいと耐え、引きずり下ろすのなんて楽な動作ですよ、自分の体重もかけられて、お兄ちゃんはすごいなあやっぱりお兄ちゃんだ、と無邪気に言っていれば、兄を追い抜いてしまえば不思議そうな顔をして振り返りつつ、お兄ちゃんが上でもないのか、と今気づいた素振りで周囲に言い回ればいいだけなんだから、楽なことです、弟は昔からモテる、気負いがないんでしょうね、でもそれは自信から来るわけです、スノボの話になってくるわけです、力を抜く、上手くいく、上手くいったことはまた次応用ができる、経験がものをいう、恥を恥としないのがいいのかもしれません、弟の部屋からは、連れてきた彼女との華やぐ声など聞こえ、聞き耳を立てても、会話は二人の暗号で行われているのだから判読できず、静まればこちらもどうしようもなく、隣にいづらく部屋を追われ、とやっていたんだから、兄さんは優しいから、大人になったらモテるよなんて偉そうにね、勝っていれば長く笑えるんですから、優しさって装えるし後から身につけられるし、衣服みたいで、結婚してからですよね、弟の顔を正面から見られるようになったのも、結婚して自宅に招いた時玄関で、ああこの程度なら恐るるに足らずと、妻の稼ぎとセンスがいいものでね、弟の家より私たちの方が洒落ていて、中身が見た目に打ち勝ったと思ったものです、家だって見た目ですけど、だから今では弟との会話も弾むようになったりして、トラウマとかコンプレックスって薄まるものだなって、過去の話を蒸し返される時もありますけどね、兄さん最初はいつだったんだっけとか何人とだっけとか、明確に答えなくてもいいわけです、片手を出して数でも数えてみれば、私も妻との少ない経験から膨らませて喋ればいいんだ、無からの有ではない、小石一つあれば大岩にできるんですから、恋愛は物語ですから、どれだけ語れるかだし、相手の背景という物語がなければ、会話も愛着も捗《はかど》らないわけで、物語を見つけるのが上手くさえあれば適性あると思うんですよ、数じゃない、数は自信をくれますが、ものの数にもならないようなのも、入れて数えたりしますよね、好意の持ち合いに持っていければ、後は言い間違い聞き間違い

筑摩書房 新刊案内

● 2025. 3

●ご注文・お問合せ
筑摩書房営業部
東京都台東区蔵前 2-5-3
☎03(5687)2680　〒111-8755
https://www.chikumashobo.co.jp/

この広告の定価は 10%税込です。
※発売日・書名・価格など変更になる場合がございます。

井戸川射子

移動そのもの

既知の言葉で未知の世界を象る珠玉の九編。
尾崎世界観氏推薦！

一文ごと一語ごとに世界が生まれ変化していく。『する、されるユートピア』『この世の喜びよ』の詩人・作家が放つ、言葉を読む原初的な快楽に溢れる最新短編集！

80523-2　四六判（3月11日発売予定）１９８０円

藤津亮太

富野由悠季論

「そういうことだったのか！」
大河内一楼氏推薦！

『ガンダム』、『イデオン』、『Gのレコンギスタ』……。なぜその作品には強烈な個性が宿るのか。日本を代表するアニメーション監督の創作の謎を解く画期的評論。

81697-9　四六判（3月20日発売予定）２６４０円

魚住孝至

『おくのほそ道』新考

―― 自筆本からわかる芭蕉の真意

1996年に発見された『おくのほそ道』芭蕉自筆本と、従来の底本を比較し、芭蕉の句の「軽み」への転換とその真意を解明する。著者の芭蕉研究の集大成。

82384-7　四六判（3月28日発売予定）3520円

6桁の数字はISBNコードです。頭に978-4-480をつけてご利用下さい。

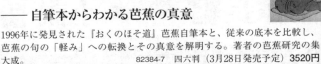

chikuma primer shinsho

ちくまプリマー新書《さいしょのしんしょ》

★3月の新刊　●10日発売

〈ちくまプリマー新書創刊20周年〉

484

自分にやさしくする生き方

公認心理師、臨床心理士

伊藤絵美

セルフケアは「一人で頑張る」ものではありません。本書と一緒に、心の根っこにあるストレスに気づき、解消して、自分にやさしくする技術を身につけましょう。

68515-5
990円

485

AIに書けない文章を書く

「未来交創株式会社」代表取締役

前田安正

AIが文章を生成する時代に、私たちはいかにことばと向き合っていくのだろう。ベストセラー『マジ文章書けないんだけど』著者と探求する書くことの意義と技術。

68517-9
946円

486

自己肯定感は高くないとダメなのか

心理学者

榎本博明

高校生の7割が「自分はダメな人間だ」と思うことがある。その心理メカニズムを解明すると、何を鍛え何を高めればいいのか、自己肯定感を育む方法が見えてくる!

68519-3
924円

好評の既刊　＊印は2月の新刊

イスラームからお金を考える	長岡慎介	無利子銀行、喜捨。イスラーム経済とは?	68507-0　924円
よりみち部落問題	角岡伸彦	被差別部落に生まれて。今語る過去と未来	68511-7　990円
読まれる覚悟	桜庭一樹	書き手の心を守る〝読まれ方入門〟	68512-4　880円
「嘘をつく」とはどういうことか――哲学から考える	池田喬	悪いとわかっているのになぜ人は嘘をつく?	68509-4　990円
読めば分かるは当たり前?――読解力の認知心理学	犬塚美輪	認知心理学の観点で読解のプロセスを紐解く	68513-1　990円
＊**池上彰の経済学入門**	池上彰	キホンの仕組みや考え方を解説します	68481-3　880円
＊**大学でどう学ぶか**	濱中淳子	大学4年間を無駄にしないための成長の条件	68514-8　946円
＊**国際協力ってなんだ?**――つながりを創るJICA職員の仕事	大河原誠也 編	JICA若手職員が語る、人と協力する仕事	68510-0　1078円

6桁の数字はISBNコードです。頭に978-4-480をつけてご利用下さい。

好評の既刊

＊印は2月の新刊

ウスバカ談義
梅崎春生
強烈な知人たちとの奇妙な会話、突飛なエピソード、滲み出す虚無感。戦後派の巨匠が贈る昭和のユーモア短編集、生誕一一〇年記念復刊。（荻原魚雷）
44010-5 1100円

「ほとんどない」ことにされている側から見た社会の話を。
小川たまか
性犯罪被害、ジェンダー格差、年齢差別、#MeToo……社会から軽く扱われてきた暴力に眼差しをむけ、声を上げ続けた記録書。文庫版新章を増補！
43994-9 924円

星の牧場
庄野英二
戦地で愛馬ツキスミを失い、心に深い傷を負い、記憶も失った復員兵モミイチ。ある日、牧場で働く彼の耳に馬の蹄の音が聞こえてきた……。（絲山秋子）
44017-4 990円

女たちのエッセイ ◉新編 For Ladies By Ladies
近代ナリコ 編　彼女たちが綴ったその愛すべき人生
43977-2 1100円

ストリートの思想 増補新版
毛利嘉孝　パンクから「素人の乱」まで。オルタナティヴな思想史
43956-7 990円

文庫手帳2025
安野光雅 デザイン　あなたの日常が一年後、世界でたった一冊の大切な本になる
43981-9 770円

大江戸綺譚 時代小説傑作選
細谷正充 編　木内昇／木下昌輝／杉本苑子／都筑道夫／中島要／皆川博子／宮部みゆき　妖しくも切なく美しい、豪華時代ホラー・アンソロジー
43980-2 880円

ヤンキーと地元 ◉解体屋、風俗経営者、ヤミ業者になった沖縄の若者たち
打越正行　各紙書評絶賛の一冊、待望の増補文庫化！
43984-0 990円

忘れの構造 新版
戸井田道三　哲学エッセイの名著がよみがえる！
43990-1 990円

犬《きみ》がいるから
村井理子　宇宙一かわいい、最高の相棒の話。岸政彦さん推薦！
43989-5 990円

されど魔窟の映画館 ◉浅草最後の映写
荒島晃宏　伝説の映画館閉館まで、8年間の奮戦記
43997-0 990円

有吉佐和子ベスト・エッセイ
有吉佐和子　岡本和宜 編　読み直しが盛んな小説家の厳選エッセイ集！
44006-8 990円

戌井昭人　芥川賞落選小説集
戌井昭人　文学的コスパ最強（?）作品集
44000-6 1320円

＊**新版 知的創造のヒント**
外山滋比古　『思考の整理学』の原点リニューアル
44002-0 792円

＊**［増補］お砂糖とスパイスと爆発的な何か** ◉不真面目な批評家によるフェミニスト批評入門
北村紗衣　いつのまにか〝男子〟の眼で観てない？
44008-2 990円

6桁の数字はISBNコードです。頭に978-4-480をつけてご利用下さい。

3月の新刊　●12日発売　ちくま学芸文庫

新版　古代ギリシアの同性愛

K・J・ドーヴァー　中務哲郎／下田立行 訳

西洋古典学の大家が、文学・美術・法文献を徹底的に調べあげ、同性愛の道徳・美的感覚から具体的作法にまで迫った記念碑的名著。（栗原麻子）

51290-1
1980円

詩の構造についての覚え書

入沢康夫　■ぼくの《詩作品入門》

「詩は表現ではない」。では、詩とは何か。作者と発話者の区別など、詩作品成立の根本問題を論じ、大きな反響を呼んだ長篇評論。（野村喜和夫）

51292-5
1210円

新編　人と人との間

木村敏　■精神病理学的日本論

日本人が自己存在の根底に置いている超個人的な場所「人と人との間」を精神医学的に論じる。講演「人と人とのあいだの病理」を併録。（清水健信）

51293-2
1430円

増補　古典としての旧約聖書

月本昭男

旧約聖書とはいかなる書物か。複雑で多層的な構造をもつその内容を、様々な角度から読み解く珠玉の講演集。文庫化にあたり5本もの講演を大幅増補。

51294-9
1430円

事物の本性について　■宇宙論

ルクレティウス　藤沢令夫／岩田義一 訳

万物の原理を知ることで心の安定を得よ――。エピクロスの原子論的宇宙観を伝える貴重な史料であり、後代にも絶大な影響を与えたラテン語詩の傑作。

51301-4
1760円

6桁の数字はISBNコードです。頭に978-4-480をつけてご利用下さい。
内容紹介の末尾のカッコ内は解説者です。

3月の新刊 ●14日発売

筑摩選書

0299
虚構の日米安保
獨協大学名誉教授
古関彰一

▼憲法九条を棚にあげた共犯関係

平和憲法を骨抜きにした日米共犯の安全保障史をひもとき、強引な安保関連法制定の舞台裏を読む。米国の一貫した戦略、日本と米国の信頼が揺らぐ理由とは。

01817-5
2090円

0300
ドキュメント 北海道路線バス
交通ジャーナリスト
椎橋俊之

▼地域交通 最後の砦

危機に瀕する北海道の路線バスの現状を現地徹底取材。経営者、運行管理者、運転手の生の声を記録し、地方交通問題を総合的に考察。問題解消への方策を提言する。

01818-2
1980円

好評の既刊 ＊印は2月の新刊

「信教の自由」の思想史――明治維新から旧統一教会問題まで
小川原正道　宗教法制の動向から読み解く近現代思想史
01804-5 1925円

日本半導体物語――パイオニアの証言
牧本次生　「ミスター半導体」が語る内側からの開発史
01806-9 1925円

天皇たちの寺社戦略――法隆寺・薬師寺・伊勢神宮にみる三極構造
武澤秀一　伽藍配置に秘められた古代天皇の戦略を探る
01807-6 2310円

アルジャイ石窟――モンゴル帝国期 草原の道の仏教寺院
楊海英　草原の仏教寺院とその貴重な文化財を紹介
01808-3 2090円

基軸通貨――ドルと円のゆくえを問いなおす
土田陽介　強いドルの歴史と現在の深層を解説する
01809-0 1870円

個性幻想――教育的価値の歴史社会学
河野誠哉　学校教育における〈個〉の意識の変遷を探る
01811-3 1925円

都市社会学講義――シカゴ学派からモビリティーズ・スタディーズへ
吉原直樹　都市／都市社会学の現在と未来を問う
01810-6 1870円

比較文明学の50人
小倉紀蔵 編著　鋭敏な感覚を持つ日本の五〇人の知を論じる
01814-4 2420円

ゴッホ 麦畑の秘密
吉屋敬　画家ならではの視点で画業の真実に光を当てる
01812-0 2200円

ほんとうのフロイト――精神分析の本質を読む
山竹伸二　フロイトの発見した人間性の本質に迫る
01815-1 1925円

＊清沢満之の宗教哲学
山本伸裕　真の復権はここから始まる
01813-7 1980円

＊国連入門――理念と現場からみる平和と安全
山本栄二／中山雅司　元外交官と研究者が実像に迫る
01816-8 1870円

6桁の数字はISBNコードです。頭に978-4-480をつけてご利用下さい。

3月の新刊　●10日発売　ちくま新書

1845
なぜ人は自分を責めてしまうのか

公認心理師、臨床心理士
信田さよ子

「自責感とうまくつきあう」。当事者の言葉を辞書として、私たちを苦しめるものの正体に迫る。公開講座をもとにした、もっともやさしい信田さよ子の本。

07674-8
968円

1846
フッサール入門

立命館大学准教授
鈴木崇志

現象学は私と世界の関わりを問い、身近な他者ともう一度出会いなおす試みだ。前人未踏の地平で孤独に考え、現代哲学を切り拓いたフッサールの思想の全貌に迫る。

07673-1
1034円

1847
風俗嬢のその後

NPO法人風テラス　前理事長
坂爪真吾

性風俗で働かざるを得なかった原因をインタビューをもとに分析し、誰もが自分の名前で働き、経済的・精神的に自立できる社会を実現するための方策を示す。

07675-5
1100円

1848
私たちは何を捨てているのか

▼食品ロス、コロナ、気候変動

食品ロス問題ジャーナリスト
井出留美

年間4兆円、大手コンビニ1店舗468万円――日本の食品ロスで「捨てる」金額だ。地球規模の事件と複雑に繋がり、持続不可能な食料システムを明らかにする。

07677-9
1012円

1849
ファラオ

▼古代エジプト王権の形成

早稲田大学考古資料館学芸員
馬場匡浩

エジプト文明はなぜ三千年にもわたり存続しえたのか。その統治者たるファラオの王権はいかにして形成されたのか。最新研究から古代エジプト世界の根源に迫る。

07676-2
1056円

6桁の数字はISBNコードです。頭に978-4-480をつけてご利用下さい。

ないように、続けることに重きを置いていくわけですが、最初のキスが最高というのはそうですよね、二回目もまあ、またできたという感動はありつつも、唇ほど他の人と同じような動きしかできない部分もないというか、すぼめる平たくする、柔らかく脱力も固くするも、鍛えられず限度あるから、まあ唇それだけでは工夫のしようもなく、会食だって食べ始めが最も美味しいわけで、後は会話も腹もこなれた後の、まあそれで二時間三時間食事を続けていくしかないんですけど、最初が輝くわけです、何度もキスした二人でも、来た道筋をなぞり盛り上がった場面など思い出すと、離れていても心楽しく浮き足立ち、その浮く足でなら軽々と歩ける、頭はぼんやりしてるくらいがちょうど良く、胸はいつも痛んでいるならその他の痛みは感じにくい、種ほどだった思いが土に潜っていき茂り、高揚が長く続けば続いたということだけに感謝して、でもモテてきた弟だって、異性を恋愛面で信じてはいないと言うんですから、それが聞けた時は良かったたですよ、経験によらずというか、あれだけ多くと関係を築いてきても、そういう印象になるんだなあと、散々微笑まれてきただろうに、接してきた数は少ない方が信じられるのかもしれないですね、笑顔を向けてくれるだけで感謝というわけにもいかないのでしょう、触り方としては、指の側面と腹どちらがいいかなど、こうして自分で首など撫で、比べてみても決めかねますよね、どちらでも同じともいえます、輪郭しか撫でられないわけです、奥や中といえどその輪郭にのみ触れているわけで、だからどうということはない、薄氷踏むよう肌破らぬよう全身で、輪郭で輪郭を撫でていくだけです、今好意を持ってる人とはね、上手くいく時というのは、これほどのことは二度とないかもしれないと思うほどで、水の中で楽々重いものでも抱き上げるようで、震えさえ体の動きとして楽しむような、体の不調も、なくなるわけでないけど頭は朧《おぼろ》に霞むので何でも夢心地、言葉に意味など与えようとせず、阿《あ》と言われ吽《うん》と言い、ただ反射としての声、それで上手くいくそういうのが、合う相手ということなんでしょう、厳選した記憶だけは安全、良かったのを牛のように何度も反芻して、忘れぬよう持っておくだけです、勝因の考察の何と楽しい、敗因はどれほど考えても分からない、そこだったろうというタイミングは辛うじて分かるんですよね、内省には限りありますが、あの日あの時曇った相手の顔、いきなり温度の下がったやり取り、もうああいうのは見たくないものです、終わりが兆すだけで、浮き足立っていた足は錘《おもり》となって、胸の高鳴りも骨の檻に閉じこもり、何にも心動かずうわの空で、肌は信用できない薄い壁となり、失意で心臓や血の気が容易く外に飛び出ていくような心持ち、ああ嫌だ、そうなれば早く離れた方がいい、自分を価値あるものだと、思わせてくれる人の隣に寄りたいものです、でも離れてもまだチャンスはある、自分が終わりとすれば終わりなだけです、本当は妻にこそ、こういう話をしてアドバイスでも貰いたいんですが、聞いちゃいそうになりますもんね、共に皺の色を深めてきたような二人ですから、好きな人とのやり取りを見せて、どう思う？って、この人は私をどう思ってると思う？って、思ってると思う、そこなんです、好意の持ち合いの難しい点というのは、相手がこう思ってると思う、のくり返し、その堆積、どこまでいっても予想憶測の域を出ず、こちらの考え方の癖も出てしまい、言ったことは消える、書いたことだって形にはなりますが、相手の気持ちが変われば、もうそれは書いてある書いてあると主張して掲げても、好き合っていた時の約束なら好きでなければ、無効とまでは言いませんけど、重んじられず実行されず、好きでなくなった方は蹴り上げ踏みつけ、忘れ去れば本当になかったことになり、まだ好きな方はそこにあったのだと主張し、萎《しぼ》んでいき立ち消えるのを見守るのみ、心変わりは責めて責めて、それでどうできるものでもない、土台が湿らせて固くした砂だとしたら、やはり好意が水で心が砂でしょうか、いや相手が水で自分が砂か、分量混ぜ具合ちょうど良ければ固まる、どちらか少なければバランスを崩し、上に築かれたものごと倒れる、また土台の喩えだ、砂なんて体について心地良かったことなんてありませんね、つけばすぐに払いますね、好意が終われば灰ばかりの跡地になって、灰なんか肥料になるとはいっても呆然としますね、その灰を砂に混ぜ込み自分のものにし、こう思うと思うの訓練をしていくしかないわけです、気楽にやればいいわけです、灰の分自分は大きくなったと、約束は、約束だよとこちらが差し出して、うんと相手が答え受け止めた時点で、まずは成立、成就しているのだと言い聞かせるしかないわけです、思うしかない、好意の持ち合いなんていうのは突きつめれば、思う、だけで構成されているわけだ、それが言動に結び付いていくもので言動は見え聞こえするので、誤魔化されているだけですが、相手の気持ちを考えられない、というのも不利でしょうけど、私のように考えが考えを呼ぶタイプも、そんなに利あることはなく、思っていると思うを考え続け自身との対話、問答になってき、靄が頭に痛みが胸に居座り、それで妻の姿も朧になるんだから、好きな人に冷たくされた反動で、妻に全力でぶつかっていく、ということにはならないんだから、私は振り子ではないんだから、好意を持つ相手というのは、恐ろしく防ぎようない大きな音、という感じですね、ずっと聞こえてるんだ、妻から恋愛の相談をされたって、私は親身に聞ける気がする、妻の失恋に共に泣くようなことも、できる気がするんですが、それは妻を軽く思ってということでなく、でも妻の顔は思い出せば他のと溶け合い、どの顔も微差、舐めるほどに近づけば裸も見るものでなくただの手触り、傷は誰でも同じようなところに作れる、髪は変えやすい柔らかな建築、動きも最初は本能で後には模倣、声は消えるもの表情は歪みと皺、背丈は広い目で見れば皆同じという具合なのだから、似たようなものが紛れるのは仕方ない、人の言葉を自分の言葉として使い、会話や場所混ざり、自分にだって一貫性なくなり、雑踏や周りは私とは本来何の関係もなく、妻について何一つ思い出せないような気もして、これが浮き足立っている効果でしょうか、どの人に妻だと声を掛けてもいいような心地もします、ああ今日は凍える寒さですね、椅子は石だと冷たいですね。

老いる彼女は家で

老いた彼女が、土で作られた家に住んでいた頃はこんな、窓というものは発想され得なかった、できるわけないだろうということは、考えつきもしないものだ。空気を通す穴は床と壁の境にいくつか掘られ、それを開いたり塞いだりでやってきた、もちろん穴でも良いは良いが。開放的といえばそうだった、外の大きな音が聞こえた、穴の栓になるものが、強風の備えとしていつも穴の傍に置かれていた。暑い地域で、薄い葉などはここでは保たない、彼女は窓際に椅子を置き、触れるものは自分か肘掛けか窓くらいしかないので撫でている。あるのを確かめるというよりは、手を退屈させないために。土の壁の穴開いたところから、風でも砂でもいくらでも受け取っていたが、と彼女は見回す、幼少の頃を思い出せば、今をいつでも新鮮な気持ちで眺められる、新旧はただの、自分の中での比較でしかない。

娘を産んだ後は家具で縛り付けられていたような家、娘を傍に抱えれば、後は何一つ持ち運びたいものなど自分にはなく、しかし娘がぐずるので下に敷く布や遊び道具などが必要、それなら家に留まるのが便利で良いという、自分以外といえば以外の理由だけで留まっている場所だった。自分の中に生えているので全て自分次第と、願いの草を焼き払いながら進むような考えでいた、願いは灰となり残った、中に風など吹かぬので、灰のままどこにも散らされない。「始まれば終わるという」と彼女は言い、「ねえ母さんそうよ」、と横にいた娘は彼女の上に倒れ込むように覆うように、母親と広い面合わせるように抱きつく。

接することが全てであると教え込むように、幼少から彼女が抱きしめたからであろう、娘は人に抱きつきたい放題、息を掛け合うのはマナー違反と思い、顔だけ背け放題で。「すぐ終わるわ。若い時なんて、病気になるという発想もなくて」と娘は老いたものとして言ってみせ、母親に仲間に引き入れてもらいたそうな顔、しかしまだ若いでしょうとも言われたげな顔をしている。「病気といえばあの人なんて、私が生理で痛いって見つめると、自分も尿を出す時痛むなんて言い出して」と、娘は全て夫の愚痴にすり替えていく。夫との会話は言ったそばからあちらで訳され、意味の少しズレる訳となってしまい、その点母親となら楽だと娘は思う。

夫と私の間に、意味のぴったりと重なる語などあるんだろうか、単純な言葉でも異なる。話し合って整理しても整理されただけで、並びが良くなったからどうということはない。「こっちのノーも、あっちにイエスと聞こえるんだから」と娘は呟く。分かり合えないと嘆く段階にいるならまだマシだ、相手が何を言っていても思っていても何もこちらは変わらない、という時期も後から来るのだからと彼女は思う。「イエス、ノーはこれからも言っていきなさい」と彼女はアドバイスする、日々の研鑽の果てがこれかと思いもする。

互いに貧しい心だったからだろうか、しかしよくここまで来たものだと彼女は思う。夫が死んだ日は喪失感だってあったのだから不思議だ、自分の身とは何の関係もない一人、持っていた理解していた一部だったわけでなく、ただ一つの家で暮らしていただけの。イエス、ノーくらいは夫も言える、こちらが細かな選択肢を出し続けてやれば、二人で正解近くに行き着く、その手間が翻訳であり、時間もかかり、日々の仕事が翻訳だけであればその手間も惜しまないだろうがと娘は思う、話のし始めからもう、私の中では完成された話となっており、聞き手の働きかけもない、私の話は私の予想の範囲に収まる。

くり返しにより強くなると信じたいけどそうでもない、話し合うべき話題は少なくなり、会話は二人で家の外にいる時に、していないのも見た目が悪いのでする程度のものとなってくる、と娘に言ってやろうか彼女は迷う、しかし幻想を打ち砕くのが親の役割ではないだろう、幻想であり続けるのは親の役だが。夫なんかは私に、自分の考えなどはないと思っているのだろう、煮詰まった仲であるから分離できず一体で、相手を通して自分を見ようなどというチャレンジ精神もなくなって、慣れや怠惰にこんなにも支配され、もう翻訳せずに音として流しっ放し、共通の興味関心趣味嗜好などはもう出し尽くした後で、話を簡単にすることばかり考えて、と娘はため息つく。早くに死んだからか、夫は語られる部分の少ない人であると、彼女は記憶している。

勝ち気な娘の切れ上がる目尻、顔という窓はいつも開け放しだ。母親にも昔は理解されたいと心底願い、親の、どの動きでも何らかの合図であった、親の機嫌より夫の機嫌を取る方が楽で、それは夫には全身使えるからか、夫の視野の狭さによるものかと娘は考える、親にはこちらも、何するにも照れあるからか。「じゃあ市場に狩りに出てくる」と娘は笑って、「いい狩りをね」と彼女も返しつつ、何か獲得するというのは楽しいもの、それは人間関係では純粋には得られないもの、と思いつつ送り出す。

人から人に与えられるものなんて、排出する脆《もろ》いもののみ、形あるとは言い難い。買う瓜の新鮮さで、目や手や口が喜んだりするのだから狩りはいい、でも娘の輝く髪に目をやり、手で触れて嬉しくもなるのだから、ものからも人からも同じように得ているのかと彼女は考え直す、もう口付けたりはしないが。

若い時には、自分が歩きたいだけ歩けていたと彼女は思いながら、始終座っている。ここが土の家なら、と考えはすぐ空想に飛ぶ。幼い頃のような土の家で、母や祖母はどのように過ごしていたのだっけ、私たち子どもはすぐに飛び出していったんだから、外と家は地続きだったけど。家事も外でやっていたか、家でくつろぐ時はどうしていたのか、くつろぎなどしなかったか、霞む目で遠くを絵画のように見ようとしても窓はなかったのだから、目も耳もただ休ませ横たわっていたのだろうか。でも土なら手触り良く、伸ばした手で撫でていて飽きなかっただろう。

彼女も手を伸ばす、窓しかないので触る、行動と呼ぶのも大仰な、小さな動作だけがある。娘が自分を追い越していって、分かりやすいのは背丈だったが、能力の差というのは、親子の間では不問にされるというか、あまり良い話題ではない。窓を細く開けてみる、風通す、何でも防ぐ頼もしい窓、開けば入口出口ともなる、対して窓の枠は動きなく、時の経過や陽や風雨で、動かす窓とはズレていくだろう。窓枠は軽い、窓の方が重い、間に隙間があるからこそ動く。木なので膨張し、または削れ、枠と中身は合わなくなっていくだろう。老いる彼女は、自分が窓枠のつもりでいる。

老いた彼女は窓際に寄せて置いた、ベッドにいることが多くなっている。娘が産んだ孫が、ベッドの彼女の足もとならスペースも空いているのでそこに座る。髪を編むやり方を教わったので、孫は誰かで練習したく彼女の髪を借りる、乾き切り、巻きもハリのあるものでなくなり、頭皮から顔出した途端に古びていくような髪なので、あまり上手くは編めない。熟練の手なら無理にでも分けては取って、編んで形にできるだろうに、祖母の髪もこんなになって、豊かにあったものも全て減じていき消滅、もちろん髪など長くても役に立つわけではないがと孫は考え、悲しくなるものにはもう触るまいと、祖母の髪から手を離す。

自分の頭に手を伸ばすが、それで練習するには、自分の髪ほど扱いにくいものもない、人の頭なら前に置けるのに、たった一人自分のだけが、相対した時の向きが違う、向き合えない。「私初めて人を呪っちゃった」と孫が言う。「でも、人を呪ったことがないなんて、あるかな？」と、考えながら話すので話すというのはいつも片手間、では反射での対応が純粋な会話かと彼女は考えながら、「呪いや祈りにしか、何かを変える力はないかもね」と言ってみる。となると夫とのうわの空での会話は考えがなく、純粋な発言ではあったのかもしれないと思いながら。

自分の髪を、見える部分を編みつつ、「最初は、絶対に私に好意が向いてたの、でも私が冷たくしちゃったの、そしたら好意の矢印は私の横の友だちにすぐよ」と孫は説明し、あんなに鮮やかな転換もなかった、避けても二度三度と来ると思ったのに、すぐに自分の中で折り合いをつけちゃうんだからと内心憤る。好意を長く伸ばして引っ張っていけるような、我が身でもなかったことが浮き彫りになってしまうので、あの瞬間のことは思い出したくない。相手を思うことが、自信の喪失に直結する。もう遅いという顔で、甘い言葉も全て言い訳のように聞かれ、相手は私の至らなさを伝え続ける師のような顔で、と孫は考えている、どうして好意というのは眼差しにあんなに出てしまうのだろう、怒り悲しみよりも目に表れてくる。

一度抱いた好意など、減ったところで消えずに残るというのが、彼女の持論である。彼女は恋の話はからっきしというか、他の誰も知らず幼なじみと結婚し、誘惑なども一度もする必要なかったというか、相手の膝をえいえいとつつくことくらいしか、興味を引く技は持たないので、孫へのアドバイスも今ない、結婚生活についてなら工夫はいくらでもあるが。えいえいとしてみなさいよなんて、言えば孫の冷たい眼差しだろう、やってこなかったことは何と理解の外にあり、と彼女は思いつついる。土の家の屋根を、内側から土の天井が支えた、団欒《だんらん》中も上から土は降ってきた、天井から降らすように、彼女も孫に何でも教えたいものだが。

私と夫の周りには好意が薄いベールとしてあったのだろうか、結婚までもそういうことは気にもならなかったのだから、魚の目に水見えずで、もっとと欲望していなかったからには、足りていたのだろう。胸の中でのせめぎ合いなどなかった、だから大きな体の動きも生まれなかった、人の勧めで付き合いあっさりと接した。「こういうものじゃない？」と彼女は手で押しては引く動作、確かに物語的には揺れがある方が面白いけど、相手に好意がある前提でなければ、そんなダイナミックには動けないもの、と孫は思い、相手を物語で楽しませることが第一歩かとも思う、あちらを巻き込むエンターテイメントか。

出会い方だけが選べない、後は選べる、人の移り気を責めてもどうにもならない、また自分に移ってきてくれると信じるしかないと孫は考える。どういったってやはり一途誠実が勝つだろう、よそ見や握った手を緩めるのは不誠実、いつでも油断なく手足胴巻き付けておかねばならない。最も良い相手を手に入れようという気概など見えれば興醒めで、ただ出会い、ひょんなことから好意を持ち、という偶然性しか愛せないと彼女は思う、でもまあ、出会えたのなら、後はどうとでもなるでしょう。

彼女が、「人には、欲しがりたいという欲があるからね」と言い、では相手の欲しがりたいが、一瞬こちらに向いたというだけの話か、瞬間でそれを捉えたかったけどと孫は思う、まあ移り気なのだから、またこちらに移ってくることもあるか。祖母の一言は、言われた方に何か考えさせてくれるから良い、私も好きな人には、謎かけを残して相手に自分の中だけで考えさせたい、その過程が、自分の内側で好意を育てるということなのだろうしと孫は思う。恋の場では自分が具体的であればあるだけ、言葉の力は弱くなる。

あちらがそのままカップルになってしまえば、何も感じていない愚者のように振舞い、おどける歩調で彼らに近づき、とやっていかねばならないか、でも孤高の貴婦人のようにいて、寄ってきてくれる人もいないのだから、私にはそれしかない、でも面白い方が人は見るだろう、と孫は考える、「おばあちゃんの呪いの方法は?」と祖母に問うてみる。「思うだけ」と彼女は答える、「ああじゃあ恋も呪いということで」と孫は安心して、彼女のベッドの傍から立ち去る。「呪いは怒ってるんじゃないから」と孫は振り返って言い、でも加害はいつでも、被害の実感から出発してしまう気はする。

会わないよりは、会っていた方がマシだろうと考えるので、あちらが今カップルでいても、孫は割り込んでいこうと思っている、恋においてはもちろん愚者であるので。めまぐるしく動いている感情の微差、自分の中だけでの揺れを孫は楽しんでいる、でも恋が余暇というより使命のようになってしまえばどうしよう。彼女が窓から見下ろせば、外では地に溜まった水と油がせめぎ合い、勝った方がその領土を広げていく、淡く渦を巻く。恋においては葛藤なかったとはいえ、彼女は孫の思いにのり移ってみる、大小強弱異なるとしても、想像できると信じている。そうでなければ共感など不可能、夫と付き合い始めたくらいの時期の、私の気持ちの、それより少し幼く強く大きく不安なのを、思い浮かべれば良いわけでしょう。見える見える、これからも言葉を降らせられる、老いる彼女は自分が天井のつもりでいる。

老いた彼女の寝ている上に、ひ孫が置かれる。ベッドは娘のひと工夫で、木の板で囲ってあるのでひ孫はそこに置き去り、彼女の上を這いずり撫で回す。掛けてあるのは麻なので擦れないか、剝き出しの膝でと彼女は思いながらそこに触れてみる。彼女の指と衝突すれば、指の方が折れるだろう。ひ孫は目的を持たない動き、さっき飲んだだろう乳を吐く、彼女の薄着の服が受け止める、今あたたかいがすぐ冷えていくだろう。ひ孫が押し広げていくのを恐れ、彼女は娘か孫を呼ぶ。呼ぶ時は囲う木の板に木の棒を打ちつけて呼ぶ。声出すよりマシだが、金属などならもっと鳴るのにとも思う、でもこういうのにちょうど良い金属なんていうのもないか。床が土のままであったなら、吐いた部分を選《え》り分けて掘り外に出しとすれば良いので楽だったのに。

来た娘は「乾いてる替えの服が、今ないわ母さん」と言い、しかし自分が何かこぼしたわけではないので悪びれない、彼女も悪くない、ひ孫も何かに対し何か思うなどないので、今誰も悪びれてはいない。二枚の服を順繰りにでは無理がある、乳溜まりが彼女の上にある、胸を張り池の流出を防ぐのみである。娘はよく吸い取る布で拭い、吐いたものの処理なんかが、子育てでは最も嫌だったことを思い出す、被害が大きい。

母親の服は干してあるのを、布で挟んで叩くなどして早く乾かそう、と思いながら部屋から出ていく。

これを大きな声で耳もとで説明しても、母親の耳は遠くなり、私の声は舞っていって真っ直ぐ届けられず、何度も聞き直しされ考えも追いつかず納得には程遠くという雰囲気漂うのだから、それなら一秒でも早く作業に入った方がいい、と娘の考えは自分の中だけで循環している。母親は今何を考えているんだろう、言葉など口に出してからそう思う、くらいのものなんだから、声出さないなら考えづらくはないだろうか、と娘は考え母親の服を、今濡れてもいい布で挟んで叩く、陽に任せるのとどちらが早いかなと思いつつ。

皺のせいで拭い切れない、彼女の首から吐いた乳のにおいが香り、昔は嗅覚鋭く、夫の服からその日会った人まで嗅ぎ分けたが、と彼女は思う。良過ぎる目鼻耳というのも持て余すが、そんなに感知して心地いいものばかりが、取り囲んでいるわけでもないが。ひ孫を見、これくらいの歳なら、自分が間違い得るという前提もない、体くらいは自分の持ち物だと思っていたいのだが、という卑屈もない、しかし分からない、ということを羨ましがるつもりもない。会話などなくても額と額を付け合えば、考えはのり移っていく気もする、考えなどは、煎じ詰めれば私にもこの子にもそんなにないのだから。

娘が乾かした服を孫が彼女のところへ持ってくる、袖から抜く時折れそうな腕だ、あらゆる布はもっと伸びるべきだと孫は思う。「ごめんね、吐いちゃって」と孫がこの場で初めて悪びれる。母親が子どもの全てを背負う必要ないと彼女は伝えたい、途切れ途切れにそう言う。孫は微笑んだが、言葉に励まされたのか、話が上手く聞こえなくてそうしたのかは彼女には分からない。「乾いてた？」と言いながら母親が来るので、湿ってるけど、もう湿っているのは不問にするのかと思っていたけど、と孫は考えながら、「まあ乾くでしょう着てる内に、布よりおばあちゃんの肌の方が乾いてるでしょう」と緩く首を振る。

勝ち気な母親の切れ上がる目尻を見ても娘は特に、自分とことさら違うとは思わない、自分の下がる目尻を触っても、あまり何も思わない。彼女は娘と孫の会話を、大摑みで把握する、耳鳴りはあって当然のものとしている。耳鳴りと重なっても聞こえることが、彼女の聞こえることだ。孫の夫の、カップルになる前の相談などにものったものだと思い出している。好意の抱き始めは、あんなに言い落とし聞き落としはないかと構えていたのに、夫は言葉の流れ落ちる滝として私の横に今ずっとあり、水飛沫《みずしぶき》などかからないよう避けるくらいだと孫は夫を思い浮かべる、立ち向かうのは交渉の時だけだ、あの滝の怒濤は、こちらを沈黙させるだけが目的なのだろうか、滝など美しいからうるさくても近寄っていくようなものだけど。

骨折れど実らず、翻訳したものからなら誠意を見つけ出すことはできるが、それは私の良心的な翻訳の為せる業、と娘は思う、夫にも母親にもそうだ。相手に憑依《ひょうい》していくので、呪術のようでもある。されたことに勝手に下手な解釈のアレンジなど、加えない方が自分のためではあるのだろう。娘は台所に引っ込む。「お母さん、私の子育てにケチばっかりつけるの。こっちは思春期みたいになっちゃう、親の助けが必要だから、言うこと聞いてなきゃいけないっていうのもあの頃みたいで。目を気にしちゃう、親から見捨てられようと励んじゃう」と孫が言い、この子の声は聞き取りやすい。「今のこの子なんかにとっては、親とかはただの乗り物で」と彼女はひ孫を眺め、はっきりしない声で言ってみる。

ひ孫のために動いてやりたく、彼女は水のように打ち震える、ひ孫は自分の理想の姿でも持つのか、震えに耐えて固まろうとする、泣く声は、娘や孫の赤ん坊時分より耳障りでない、老いると高い音は聞こえにくいと、祖母などは言っていたのでそうなのだろう、育ち終えたこの子の落ち着いた低い声など聞くことはできまいと、思いながら彼女は作り物のような、ひ孫の小さな耳をつまむ、作ったのだ、母の腹の中で自分で。細い腕では抱き上げられもしないので、この子への関わりは観察のみとなってしまう。

彼女が赤ん坊の頃は、床と呼べど土だらけ、土は肌についていて当然の友、口に入ったのは腕を舐めて取り除いていたものだ。じゃれ合いで、孫はひ孫を本気で抱きはしないので、ひ孫はぬるりつるりと腕から逃げる、振り払い振り解《ほど》きながら行く、わずかな距離を這いずり移動する。誰もが赤ん坊を、自分よりも丁寧に扱う、良い手触りは皆の慰めになる。今でも何か呪ったり祈ったりしているだろうか、しているだろう、祈りなどは年々増えていくだろうと彼女は孫を見る。「呪いなんかは減っていってね」と彼女は言う、孫はまた微笑む。彼女の布がひ孫に暑苦しく付き纏《まと》う、乾いた新しい服はまた、ひ孫の何か受け止められるだろう、土の床なら何でも吸収したものだ。皆私の上を歩けばいい、老いる彼女は自分が床のつもりでいる。

人々の大いなる口

痛みは他人事が自分事にならない、人に分からせるには同じ場所が痛むしかないんだから何と孤独だ、でも悲しみよりは、人のと一致はしやすいはずではあるが、痛みを伝えたければ泣けばいいのか、痛みが悲しみに変われば共感に近づくだろうか。

平時の顔をしていてはならず、表現力だけで伝え切るというか、大怪我で笑っていてはいけない、痛みというのは、黙っていればまるで伝わらない、泣けば悲しみに転じてはいくので、やはり直接痛みというものが伝わっているわけではない。

口内炎が気になり、自分で自分を触ってばかりいて、口の中は全て接し合って何も孤独でない、下唇のちょうど尖った歯が当たる部分にできてしまい、尖ってある歯がコンプレックスだったので小学生の時は、図工で配られた紙やすりで削っていたものだ。

歯はぶつかってもそれ自体痛くないのだから口の中で無敵である、口内炎のせいで眠りも浅い、舌で舐めてみれば苦く感じる、血の味ではないはずで、違和感とは苦味であるのか、痛さは苦味に変換されるのか、傷は閉じているようでも流れ落ちる滝で、何か液体は染み出ているのか。

舐める時に舌全体使っても苦いので、舌先だから苦く感知してるというわけではないようだ、ステンレスのフォークを舐めた時と似た感じだ、欠けたので継いである歯は、劣化していき一年ごとくらいに欠けてはまた治す。

歯のクリーニングついでだと思い少しでも欠ければ通院する、欠けなんかは、ほらと見せて分かってもらえる箇所で楽だ、見えないところの症状の説明なんかは、自分でももうどこかいつからなのか和らいできたのか、言ってて自信もなくなってくるものだ。

あっ口内炎あるんで、と歯科医の手を触らないで、雰囲気だけで押しとどめつつ言う、気をつけるけど当たるよ、と気安く言われ、どうしようもないということは心得つつも、何でこんなに触れるのか、こいつの指はこいつのコントロール下にないのか。

これは塗り薬だね、と歯科医は口内炎の薬も歯科衛生士に指示する、口内炎の薬は初めてなので、唾で流れてかないんですか、薬が、と問う、歯科医は呆れたような笑い、でも塗らなきゃね、と答える。

家の外壁だって剝がれていくけど塗りますもんね、と相槌を打つ、この発言で呆れられる方がマシであるため言う、そういう質感が苦手なため、唇がひび割れてもリップクリームなど塗らないので、薬は塗るか分からない。

長旅に出たりすると、この歯の欠けは不利でしょうね、とベッドから椅子に戻す音に紛れながら言うと、え？長旅出るの？何を嚙んでもまた一年くらいは保つでしょう、と歯科医は答え、そういう、現実のことばかりを言い合うわけではないじゃないか。

歯や舌は思いやりなく動く他人であり、治らない口内炎のことをすぐさま忘れる、家に帰り口内炎の塗り薬を、塗った上からティッシュでも畳んで挟めば感触はないだろうと挟んでおく、自分と自分の間に何か挟んである安心、でも違和感の方が大きいので取り出す。

紙が赤黄色に丸く色付いていて、やはり何か出てはいたのか、残っている薬を口が嫌がるので、舌が削ぎ落としてしまう、有給が取れ平日だからこそ行ける場ということで病院を梯子、尿を出す時痛むので夕方は泌尿器科へ。

夜は実家に一泊の予定で、一泊の薄い付き合いなんだから優しくしようとはするが、優しくする方法を、母以外から教わってきた覚えもないというか、気遣い方は母親譲りのことしかできない。

まあこうして自分がやってきたことが跳ね返ってくるのだから、親なんかは子どもに優しくすればするほど良いと思うが、優しさは最も無難だが、しかし母の前ではどうにも、思春期に戻ってしまう息子だ、親はタイムマシンだ。

よくあんな言葉の端々に突っかかっていけるものだ、混ぜ返し、一言に自分が傷付けられたと、一言で自分を大きく見せようと思う少年、母がまだ少年のように扱うからダメなのだ、人は人に思われているものになるのだ。

母の言葉は心配で埋め尽くされ、俺はそれをできるだけ理路整然と、その言葉の説得力で、もう全て大丈夫だと母を安心納得させる勢いで覆していくのだ、どれだけ説明しても、何一つ進んでいないのだということは、二人とも見ないようにするものだ。

自分は母の不安を、生み出しては解決していく役なら全て徒労だ、親と子の実のない会話、この前は母が、もうあんたを抱きしめるなんて場面は、与えてもらえないんでしょうねえと言ってきて、場面が与えられれば抱き合いましょうと答えた。

笑い話かと思ったら母は楽しみはもう戻ってこないのだという顔で俯《うつむ》くので、場面を作ろうと思ってやってるな、と見ないふりをした、場面作りとしては上手かった、ほら、と母は腕を広げた。

抱き合う瞬間は感動もするだろうが、体同士離れた後の雰囲気はどうする、抱き合った後の方が時間は長いのだから、俺はほらほらと、敷いていた座布団を当てにいって、母は仕方なく座布団を抱きしめた。

そんなんじゃ死ぬ前とかになっちゃう、抱き合う場面はと母は言って、家の中じゃなあ、外ならできるかも、森の中とかと俺は答えた、母の骨張る腕を見て、体の中で、老いは若さを追いかけて摑まえるのか、若さは老いなど関係なくひとりでに減っていくのかと考えた。

母の最近の、書道の長い紙なんか次々見せられ、太く大きく書けばそれで力強いのではないかと疑い、全て評価などは個々人の趣味のものとも思い、きっと玄人同士では好み以外の何かが、良し悪しを決めてはいるのだろう。

字に存在感があるでしょう、と見せられても、まあ事実存在してるんだからなと思うだけの、実家には父の集めた古本が壁の本棚にまだ並んでおり、書もあるし紙だけだ、文字だって古い本のは、だんだん潰れて読めなくなっていくようなものだ。

昔の字は、はねはらいや膨らみが強調され過ぎていやしないか、字の中など潰そうとしてないか、幼い頃寝転んでいたら、棚への差し込みの甘い厚い本が、落ちてきて目の端に傷を作ったので、俺は本という本を全て恨んでいる。

消えにくい、さっぱりと消える気はない傷を、鏡を覗き込んで眺めていると、鏡には反対が映ってるんだな、右目の横なのにあっちのは左目の横で、と父が言ってきて、この人は、本が俺の中でトラウマになったことをまだ知らないのかと憤った。

傷は少しでも格好のつく形にしようと、カッターで端を削った、格好いい傷の形とはすなわち、流れるような線である、家族というのは、忘れたというのが許したに繋がると、互いに思い込んで初めて成り立つような場である。

父は人を見る目がないのを、嘆きながら死んでいった、俺は見ながら、人を見る目がないなど勘を磨かない怠惰、信じたがり騙されたがり、勉強不足の子どもじゃないんだから、と見ていた、教師というのは反面教師しか存在し得ないんじゃないか。

父との会話によって、人とは話が通じず互いに取り違えていき、いつも尻すぼみで終わっていくのが会話というものだと、幼い頃は取り違えていた、表現下手なら会話下手、今は、言葉の深読みこそが好意の深さだと俺は思っている。

外に出れば暑さが体を覆う、暑さの只中を体が通り抜けていく、虫とりの親子がいて、土が柔らかいから何かいるかも、と父親が言っている、何でも何かのヒントだ、虫に触りたいという欲望は幼い頃確かにあったのだ、あれは何だったんだ。

日陰は息しやすく、木とはあって一番有り難いものだ、紙にも家にもなると思いつつ進み、泌尿器科の待合室は混んでおり、初めての勝手分からぬ医院の、玄関入ってすぐの受付で、マスクを一度外してスチームを顔にかけられたりする。

目の前の席が空いたので素早く座る、正面は壁掛けテレビで、奥の角では赤ん坊が泣いているのを母親らしき人が抱いて、抱くだけではどうにもならず、振り回すようにしてあやしている、声が響いている。

待合のテレビは字幕が出て、読めば分かるので騒音はそんなに関係ない、ここには字の読めそうな大人ばかりがいるのだから、でもみんな騒音のもと、赤ん坊の口を見遣る、人々の善意は眠ってしまっているのか、腰掛ける場所は互いに隙間を空けつつ埋まっている。

母子に譲ろうかとも思うが、俺の今両隣の人間が、この母子が座った時に表情でも歪ませないだろうか、周りとしては二人には、頰寄せ合い静かに佇《たたず》む、物言わぬ母子像のようになっていてほしいのだろう、母親もできればそうありたいだろうが。

知らない同士お互い、良い景観としてありましょうというのは、意識としては分かるが、短い間でも良き隣人と見做《みな》されたいという欲は、赤ん坊にはない、歩けるくらいの子どもにならもうあるだろうか。

受付の若いのが、泣き止ませられますか、と受付から大声で問う、患者の要望にいつも、張りのある声一つで立ち向かっていってるんだろう、そうか、これは文句をつけてもそこにあり続ける、という天災のようなものではないんだ、どこか行かせられるのだ。

母親なんかは本当はこの部屋から逃げ出したいだろうが、出れば外で灼熱のためこここにいるのだろう、誰のためにでもなくあるような日陰は、この建物周辺にはなかったのを、俺は辿って思い出す。

母など、息子が幼い頃の写真を見返して、目の前で勝手に涙ぐんだりするのだからやり切れない、母にそう言えば、涙の方が勝手に出てくるんだから仕方ないと答えられ、あれは何を泣いているんだろう。

経てきた戻らない時に、成功失敗を通り抜けた自分に向け泣いているなら、俺とは関係がなくないか、母さんの最近の趣味って何なんだと聞くと、昼寝ねと母は答え、それで盛り上がっていく会話でもなかった。

まあ母が健やかに昼寝できていれば、これに勝る安心はない、寝るのが趣味と言ってくれれば、死なんかは眠りの親類なわけだから、趣味をやりに行ったと思えて良い、昼寝は入眠の時が気持ち良くて、夜寝は目覚めが気持ちいいのよ、と言っていた。

俺はそれは昼夜で逆だから、お互い違う眠りに入っていってるわけだ、まあみんな、出産なんていう苦痛の只中から生まれてきてね、と写真を眺め母は言い、そして死という眠りに入っていく、というようなことを俺が続け、知性から生まれ出た会話だった。

寝て起きるという、日々の割れ目、最も違う自分になり得る時間の経過、それを挟んで希望を持って起きても毎日、口内炎の傷は変わらずある、自分にどうにもできないものなら、自分の範疇《はんちゅう》ではない。

歯は長い付き合いを知らなかったように傷に当たっていく、舌先は恐る恐る傷に大丈夫か尋ねる、立っている母親の顔を見、お子さんが今、あなたの口内炎みたいなものですか、と問いたくなる、意志でどうにもできずでも自分の中にある、そういうものですか。

それとも赤ん坊よ、君にとっては自分が全身で口の中の傷みたいなものか、自分でどうにもできないこと多いんだもんな、俺もああして泣けば、歯科医は手を止めてくれたか、でもそれでいては歯の欠けは治らないんだから、やはり泣いたってどうにもならないんだ。

痛みには耐えるしかないんだ、体が耐えられる限りは、体が耐えるんだ、俺は立ち上がり、母子に近寄る、座りますか、と座っていたところを示す、あっいいです、と母親は断る、赤ん坊の癇癪《かんしゃく》は極まってきており足も使い、誰も隣に来てほしくはないだろう。

赤ん坊の濁流のような泣き声だ、清流であれば放っておかれるだろう、母親の体を今乗り物座る椅子として使っていて、自分と繋がってるようなもので、でも蹴っても痛くないんだから不思議だろう、親からしてもらえることを、あるだけ引き出そうとしているだろう。

子どもの頃は自分で自分が足手まといというか、思い通りにならないことだらけだったわけで、助けの親の手の方がまだ思い通りになる、泌尿器科医が診察室から出てきて、ちょっと他の患者に説明もできない、泣き止ませられる?と言う。

出ていけの方が、言葉の真意が上手く伝わるようなもんじゃないですか?と俺は答え、母子と今セットになる立ち位置にいるので、距離が関係を決めがちなのだから、父親と思われているかもしれない、そのことは良くも悪くもない、ただ真実でないというだけだ。

泌尿器科医は口をつぐむ、俺は黙らせたことに満足する、赤ん坊が泣き止むかと髪の薄い頭を撫でてみる、細いというだけでこんなに繊細だと感じるのだ、太ければしっかりと、こんなに感触と反応は単純に繋がって、と面白い。

反射的に母親は抱く腕を引いて、俺の手を避けようとしたが、植木鉢もあり狭く体を回転はさせられない、スペースがなければ逃げ場もなく、場所の狭さは選択肢の狭さ、母親は受付に睨まれ泌尿器科医に睨まれで、体を縮めている。

受付くらいは親身になってやればいいのに、窓であり橋であるのだから、母親は絞られるように握られるので伸びる襟もとを隠し赤面し、全部が誤りであったのだというような顔、子どもはいつでも洗練されていないやり方で親に向かう。

母親にとってはここの周りの全員まとまって異物というか、この思い出は撫でるたびに、痛んでいたのだと気づくような傷になってしまっただろう、瞬時にトラウマになったろうと俺はごく近くから見守る。

それともこういう場面は頻繁にあって、残っていかず振り落としていくようなものか、口内炎でもあれば人の傷にも共感できるのだから、共感など何と薄い、しかし自分が経験した以上の、痛みというのが想像し得るか。

昔、骨折したことのない俺が帰宅すると、転んで折ったという母がギプスの腕を見せてきた、痛そう、と呟いた、白く覆われているんだからこちらにはヒントもなく、日が経ち、洗えないから近寄るとにおいが出てくるなと思った、あれだけは確かな実感があった。

突き指の、もっと痛いバージョン?と問うと、そんなの比べ物にならない、と母は答え、もうそれで痛みを感じ取る方法は何もなくなった、母も実感させたそうでもなかった、分からないので尋ねない、という悪循環だった。

母は体にお伺いを立てながら暮らしていた、ギプスの腕に、やれる?と尋ねてから動いていた、あなたがやろうと思うならやれる、と腕は答えていたことだろう、思うということに、そんな強い力があるものだろうか、痛みの前で。

最後まで自分を守ってくれる、信頼し切れる体の部分はどこだろう、精神が最後まで自分がどうにかできそうなものか、いや精神だってあんがい弱い、最も不安定といえる、だからこそ変えやすいとも思える。

パパがいいのね、と母親が微笑み、俺の腕に赤ん坊を入れ込む、何か入ってくれば反射的に器のようになる両腕だ、舟から舟への乗り移りのように安定せず、あちら側に倒れていく、この子の腹筋の働きは望めないので、俺の腕がカバーする。

乗り物が変わり気が変わったのか、赤ん坊は愚図っているくらいの声量となり、高さが嬉しいのか、その程度で何か変わるのか、まあこれで母親が脱力ができるならと、腕なんかは垂らしているのが楽なのだからと、俺は赤ん坊を抱く。

でも泣き声はいつかは収まるものだろう、反射や余力でやるようなもんだからと眺める、じゃあパパ、ちょっとの間お願いね、と言い置き母親は灼熱の外に出ていく、愛情の潮でも引いたのか、また戻ってくるか、こんな不親切な場には二度と入ってこないか。

子どもを抱いていたから母親と見做したのも、こちらの早合点だったのか、おい、おい、と俺は声を掛けるが、それも置いていかれた父親という風情のものとなってしまい、この場に違和感ない。

いや、変だろう、俺がパパなら何でさっきまで一人、待合室に座っていたんだ、母子は立たせたままでノータッチで、全員目撃者だったろう、受付なんかは俺のと赤ん坊の、保険証だかマイナンバーカードだか知らないが、そういうのを握っているわけだろう。

母親は俺がこの子を攫《さら》っていくとは考えないのか、俺は受付に保険証を預けているから、遠くまでは逃げようないのか、と受付を見れば、もう泣き止んだので素知らぬ顔、泌尿器科医も診察室に戻った、周りに、俺と関係のあるものなど一つもない、何も口出ししてこない。

継ぎはぎの歯は、今日足したばかりなので慣れず、口内炎に当たり続ける、爛《ただ》れた感触は薬がまだ残るためか、うるうるとした表面、赤ん坊は飽きた椅子より新しい椅子が良いんだろうか、慣れが愛着を生まないんなら、親はどうしたらいい。

俺の顔に赤ん坊が顔を近づけ、自分は幻ではないのだと分からせるように、唇に唇を合わせてくる、顔と顔で対峙する、俺たちの表面だけの交流、そのまま俺は吸い込まれていくのかと思った、顎《あご》の小さな赤ん坊だ。

そんな、行動一つで、俺を父親らしく見せるんじゃないよ、キスすると自然と唾液が湧くもので不思議だと、久しぶりに思い出す、このくらいで俺たちの間に何か芽生えたのか、試しに自分の手の甲を唇に押し付ければ、同じく唾が湧く。

赤ん坊の感触を、美味しそうと思って湧いたわけではないのだと安心する、それで当たってしまい口内炎がまた痛む、この子だって痛いから泣いてたんじゃないのか、痛みなど知らんふりできるような微々たるものか。

病院の待合室など、泣き声で溢れて当然の場所ではないのか、そんなに皆、無に徹しなくても、この子の泌尿器の異常は何だ、問診票はもう書いたか、診察室で俺がこの子の痛みを説明できるか、目に見えて腫《は》れてるか、尿検査なんか狙い通りに排尿できるのか。

赤ん坊は泣き飽き泣き疲れたのか眠り、ほら泣くのには限度ある、不安は広がるのは早く、染み通るのは遅いのか、俺は夢心地で抱いているのであって、泣き声が聞こえないだけでこんなに平和が戻るんだから、という顔で、待合室はいっぱいだ。

通い路

幼い頃は家のことなんて、自分が後に残していっても変わらずあるだろうと気にせず、外には飛び出していったようなものだが。自分のものとなると、失くすという考えが湧き出て良くない。失くすが最も惜しい。たとえば友人なんかは、子ども風に絶交したのは別にして、終わりが分からない失くしたか知れないようなものだから、気軽に作れるんだろう。初めと終わりの言葉もない、言葉が惜しさを作るといえるか。冷蔵庫がきちんと閉まっているか、ダンダンと入念に扉を叩く。外出中に開いてしまえば、中のものはもうどうしようもない。買い溜めでいっぱいだから、扉が開けば中身たちは外に飛び出していくだろう、冷蔵庫の外は自分たちに適していない場所なのに、ものというのは考えなしだと思いながら、その手を流れるように次はコンロにかざす。火はついてない、炎なんかは角度によっては見えないんだから、こうして触って確かめなければいけない。コンセントと窓を見る、どうせこの後も何度も見るんだろうから、第一回の確認はあっさりとやる。お父さんは、戸建ての購入を早くから勧めたものだ。歳を取るとこうして借りにくくなるんだからと。遠くを見遣る目でそう言われれば、親というのがまあ、最もこちらに悪意ない人物かと思いながら、一人でローンを組みこの家を買った。仲介業者や銀行と、ごっこ遊びのような、手もとにお金があるわけでないので、絵空事、仮の話のような契約だと思いながら交わした。この印鑑と紙だけの、この裏でお金が動いてるんですか冗談でしょうと、笑い出したくなった。味方の数が欲しくてお父さんにも来てもらった、皆きっちりとした服で、それだけが目に見える確かさだった。教師なのでスムーズにお金は借りられた、教師なので、お金の話には慣れていなかった。新築、三階建ての細い家で、段を小まめにつけることで、部屋と部屋の区切りとしている、階段の踊り場が部屋めくような、扉を置くと幅を取るので皆繋がっている、工夫ある家だ。階段にドアがなく冷暖房の風が逃げるので、不器用につけたロールスクリーンで守っている。定規で測ってやったのに、なぜ自分でやった工夫というのは手作りじみてしまうのか、不器用なハンドメイドで、と見ている目の方が原因なのか。お父さんとの約束の時間が迫っている。行き渋りというより出渋りで、墓参りが退屈で行きたくないわけではない、外のもの何も、興味を引かないからではない。鍵が勝手に開かないか、元栓が動き出さないか、少しの間、最後の目撃者として見張っている。遠出となると、その分だけ確認の時間は延びる。どれほどの間変わらなければ、もう変わらないのだと納得できるだろうと考えながら、火がないかまた確かめ、元栓も、開け閉めを頻繁にすると良くないとも聞くが。目で見て手で触れ、もう見たじゃん、と自分で答えても、自分の目にどれほどの確かさがあろう、とまた問いになっていく。こんなに神経質にしていても、鍋を食卓に持っていき、一時間くらいで食べ終え、コンロが電子音を出すので見れば弱火がついていたりするのだから、警報器なんかも信ずるに足らない。時間が経ち何か余分に燃やしてから、警告してくるに違いない、火なんか、より燃やしてより大きくなりたいんだろうから。いずれ消えるのに、全身で燃えるんだから。髪の毛を、熱の力で形作るヘアアイロンの、コードがちゃんと抜けているか確認する。コードがひとりでにコンセントに導かれていって、発火してしまうのでないかと疑い、コンセントから遠い、離れ小島の机に置いてからいつも外出している。職場の後輩が、修学旅行で民泊、人の家に泊まるやつだったんですけど、ヘアアイロンのスイッチ入れたまま寝ちゃって、床の間が焦げちゃって、弁償したんですよと言っていたのを思い出す、床の間だけで済んだのか。コードを撫でながらこの前の、直近ではあるがもはや遠い、昔の墓参りを思い出している。お父さんは行き慣れているくせに、降りる停留所を間違えた。墓地自体古くないので墓石はどれも新しく、このツルツルが削りの加工でこうなら、百年後に来ても石はこのままだろうと思えた。字は、上から塗っただけのは儚い、彫りつけることだけが、残る可能性を残す。石ほど、新旧が分かりやすいものもない、と知らない人の石を撫でた。石には時間が遅く通り過ぎていく、古いものは思い切り古くガタガタだ、でも残る、じゃあ卒塔婆っていうのかな、この木の板は、残らなくていいならどういう役割だろうと考えた。こういう、ステンレスの卒塔婆立てみたいなのがあるんだな、とお父さんは感心していた。残るほどでもないものを、木で作るのだろうか、じゃあ家だってそうか。住宅地でない山の上なのでどの墓の家族も、頻繁には来られない、挿された花は枯れているのが当然、広い植物園のようだ。秋なのでススキあり、瓶でドライフラワーになったもの多く、新しい石だが荒れた墓は、石以外の全ての場所から草が飛び出ていた、背後の森と紛れるので、景色の邪魔にはならなかった。変わらぬものに飽きたように、墓が草を腕として伸ばすようだった。高い草は枝を広げ、もうお手上げだった。植木と雑草の区別は、放ったらかしの墓においてはなかった。石だけで構成された墓なら美しく保てるのに、やはり放っておかれている墓を炙り出すための、草木花なのだろうか。ぜひとも、歳月で変わるもの何か置かねばならないのか、コントロールでき切れないものを。造花を挿しているところもあり、造花は悪びれず、でも生花より古びた時に目も当てられないだろうと思った。百合のような花びらの大きい花は、造花と分かりやすい、茎は生花も造花もそう変わらない。造花の家だって墓と家が近ければ、マメに季節の花など挿しに来たりしただろう。最も変えられないものというのは距離だ。花の腐ったののにおいは、花などない方がマシだったのではと思わせた。何でも、ない方がマシなのではないか、とお父さんに言ってみた。墓じまいした墓もあり、上のもの去りたての墓跡は、ならされた土を剝き出しにしていた。すぐ草が生えるのだろう、恥ずかしがる土を隠すようにまぶされるだろう。どこかから移設したような少数を除いて、墓はどれも新築だ。たとえば介護用ベッドなどは使い回しされるのに、介護用のポータブルトイレは、新しいのを買うしかないのと同じことか、中古では何となく嫌か。墓というのは全くエコでない、生死そのものがエコでない。土台だけ残されている墓もあり、土台は使い回せるか、石の囲いは草木花の器となっていて、どの墓も随分、開け放しという印象だ。

コスモスを植えている墓もあり、長い槍だった。命として生えているという感は薄く、賑やかしとしてという感じだけを受け取った。まあ古く人は、自然と戦って勝とうとしてきて勝てず、エコとか無理筋だよなと思った。枯れれば一瞬で引っ込む、跡形もなく自分で消える花が、あの場には適しているだろう。大きなゴミ箱は枯れゴミばかり入っていた。お父さんは銅の色のペットボトルを拾い、汚れ過ぎのは資源にならんのだと、枯れゴミに入れた。多くの墓の隙間に、同じように掃除用の歯ブラシが突っ込んであり、それをするのにいい隙間だらけだった。水をかければ、瞬間、石はきれいになり、それは水がかかった石はきれいに見えるというだけの、艶があれば美しいというだけの。字の窪みにはカビが生え、苔むしているということで、とお父さんは歯ブラシで深追いはしなかった。歯ブラシで何でもやった、広い段の部分も掃いた。死んだものは空から見ているとするか、地から包み込んでいるか、自分のすぐ横にいるのか。炎や煙は空にかえっていき、骨や灰は地にかえすのだから、やはりいるのはその中間か、とお母さんがここに、と自分の横を眺めた、それで別に何も起こらなかった。一つだけ真っ黒な墓石は、目立とうとしているのか。逆にその他大勢のの色選びは、目立たないことを第一義としているのか、死ぬとは周囲に紛れることだからか、まあ石にそう何色もないからか。お父さんは薬を使って水を墓にかけ、そうしたら中の人たちが飲めるってこと？と問えば、まあ勝手にどこの水でも飲むだろうけど、と答えていた。安いからつきにくいのか、と言いながら線香に火をかざした。横の墓に姉妹か何か、少女たちが来ていて、水をかけては笑っていた。かかったと言って怒っていた、すぐ帰っていった、そういうのでしかあそこで笑い声も生まれない。こうやって、頭の中での墓参りでももういい気がしている、これだけ思い出せるんだから。家が気になって出られないなら、出なければいいだけの話、とコンロの前でしゃがんでいる。賃貸の時は七階だったから、窓はこう真剣にチェックしなくても良かった、この鍵の角度なら締まっているのだと、目の先まで寄っていって見極めなくても良かった。一階二階の窓から、人が入ってくるのではと疑っているのだから、やはり人が怖いのだ。外の悪意が、内に入り込まないようにしているのだ。全て信じられるようになれば、開け放しで外出できるだろう。この墓に入るのが楽しみだ、とお父さんは何度も言い、その横で骨壺でも見えるか隙間を覗き込んだ、これほど奪われないだろうものも珍しいと思いつつ。ここは植物もいっぱいで？と聞くと、それは見てなかったな、とお父さんは答えた、あんなに溢れてるものが見えないってあるんだ。自分の家に価値があると思い過ぎなのだろうか、開いてたって、誰も入ってこないだろうか、でも自分にとっては、価値はこの場所だけにあるのだ。家は古びて価値を失くしていくというのにと思い、ああいけない、他のことを考えていてはと頭を振る。少しでもよそ見をすれば、また一からやり直しの戸締まりの旅だ。コントロール不全の、運を天に任せた家だ。コンロとコンセントを行ったり来たり、コンセントには、口付けする勢いで近づく。へアアイロンなんかはもう、捨てた方がいいんじゃないかと、自分でも思っている。毛先や根もとを思い通りにすることなど放棄して、確認の場所を一つでも減らすべきではないかと。コンロだってこの、と電池の蓋を開け、単一電池がもっと取り出しやすければ、電池がなければつかないんだろうから、毎日でも抜いてから出るのに。コンロのスイッチを、下に押してつくやつを、ロックがかかってるかもう一度手を触れる。黒になってる、ロックになってる、お母さんお願いね、と呟く。子どもでもいたら、一緒に見回ってくれるのだろうか、共に家を守るために産むのか。子どもは親と同じ熱量で、ついてない締まってると言ってくれるか、お母さん気持ち悪いよと言われるか、見たら分かるじゃんと。子どもに何か分かってもらおうなんて、思っちゃいけない。どれだけ自分の目を信じてるの、そんな一瞬で真実を捉えられるの、と問えば子どもは、考えを改め苦笑いでもう一度、確かめてくれるか。子どものゾッとした顔なんかは、見たくない。子どもは親の見たくないような顔を、たくさんするだろう、それが親子の甘えだろう。子どもは全く産みたくない。産んだ友だちは痛かった痛かったと、もう自分は切り抜けた通過儀礼のように話して、こちらはそれはお疲れさまと、仕事を終えて帰ってきた親に、子が言うように言うしかないんだから。子どもは、仕事は大変だろう、ということだけを知っている、それも想像で。終えることのできた通過儀礼なんか、する方はいくら話してもし足りないだろう。通過する前の自分を、子どもだった子どもだったと懐かしみ、比較で大人になった自分を感じるんだろう。まだ何も分からない子どもって、出がけに火をつけてしまったりしないんだろうか。ヘアアイロンを消し忘れた後輩も子どもを産んだけど、子ども部屋でヘアアイロンがいつか燃え出すんじゃないか、うっかりは遺伝しないだろうか。自分一人の方が、確認を永遠に続けられるだろう。しかし永遠というものは何にだってない、ではこの確認だって永遠には続かないだろう。元栓はコンロの下の引き出しを開けねば見えず、しゃがむと背にゴミ箱が当たるので、避けながら元栓を眺め、栓横になってる、お母さん、閉まってる、と口に出して確認する。自分が目を離した隙に、また縦になるのではないかと疑っている、周りには疑いばかりがある。眠るのだって恐ろしい、自分の知らないところで、自分は一旦柔らかく溶けていくという心地がする。意識はぐっと枕に沈んでいく。幼い頃から、ジェットコースターなんか苦手なので、眠るがふわっと浮く感じではないのは、蒸発という感じでないのはまだ有り難い。自分が自分のまま目覚めるというのは奇跡の気がしている。死ぬ時なんかは、沈むだろうか蒸発か、蒸発だろう。無事起きられる、家に帰り着いて鍵が締まっていて火が出てない、そういう時の安堵といったらない、信じていたものがそうであることの他に、日々得られる確かさというものはない。コンロを見終えて一階まで進むことができれば、最後はドアの鍵だ。ドアと道の間に、壁一枚あるような玄関ポーチなので良かった。大通りに面していては、手で引きガチャガチャと大きな音を立て、その手応えと音で心行くまで確認というのはできなかっただろう。外では思う存分は何もできない。強盗に決して入られたくないだけの自分が、強盗と疑われる危険もあるだろう。疑われることより、締まっていないことを恐れるだろう、何を優先するかがその人を決める。外出は苦だ、家ごと持っていけるならいいのに、自分以外のものは、自分の知らないところで動き出していて何ら不思議はない、と墓参りに誘われた際の電話で言うと、家を教室、ものを生徒と、思ってるんじゃないか、とお父さんなんかは答えた、確かに生徒は動くもんねえ。お父さんも教師だったので、目を離した隙の生徒の、ちょっとの間でも顔さえ変わっている感じは、分かってもらえるだろう。子どもたちの、むらのある感情、その感情からくる行動、好意と悪意の混ざり。人は何をも、薄々感じ取っている、というくらいの仕方でしか、把握できなくないか。そうやって相談したって、じゃあお父さんにそこに一緒に住んでやると言われれば嫌なんだから。お父さんなんかは打ち明け話も持たず、会話なんて世間話か打ち明け話どちらかなのだから、世間話ばかりの親子だ、誰とでもできる話をし続けるのだ。真実言いたいことがないなら黙ってればいいのだ、家庭はざわめきの教室ではないんだから。ヘアアイロンの場所から翻りまたコンロを見に行く、元栓は閉まっていると思うが、どうだろう、見て触ったがどうだろう。どう?と尋ねるのは自分の体にで、静寂がある、自分が音を立てなければここには音はない。病院に行くほど困っていない、まだカバーできている。仕事に支障が出れば行くだろう、仕事が社会生活の目安であり過ぎる。一階の物置き代わりの部屋、部屋などどこも物置きといえるか、ものしか置いていないか、ここは出入りできるような窓があるので、充分によく見る。一階に侵入しやすい窓など作らなくて良かったのに、建売だから選べなかった。建て増しで、外側に壁でも作るか。でもおばあちゃんが死んだ時、おばあちゃんの家で葬式をして、家は一階に広い窓があったので棺をそこから出せた、そういう用の窓だろう、この窓は家の裏側にあるので、ここから出し入れされる棺というのも物悲しいが。それは棺そのものの悲しさか。鍵は見た感じかかっている、横の出っ張りを持ち、本当に開かないか触った感じを確かめる。見た感じ触った感じ、何でも感じ感じ。テスト作成の時だって、担当者四人で回して確かめても、間違いは人に見られたことなどなかったかのように、可憐に顔出すのだから、自分の目を信じられないのも無理ない。テストを解いている生徒が、どうしてこの可憐な花を見過ごしたのかという顔で、手を挙げ間違いを指摘してくるのだから。となるとやはり、子どもの方が違和に気づきやすいといえるか、子どもを産んで戸締まりさすべきか。子どもは変化の最中《さなか》にいるから、微差に気づきやすいのか。一階の窓を確かめ、鞄の中身は前の日に準備してあったがミニタオルを忘れた、汗が拭けないのは不快なので取りに三階に上がる。するとまた三階の窓から確かめたくなる。冬だと棒の形のヒーターも出してあるから、外出の時はコードを抜いて棒に巻き、棒を倒す、あれで火事になれば大したものだ、ものの執念だ。

二階に下がってきてコンロを見る、もう見飽きている、見る景色に目も心も飽き飽きしている、焦燥はいつも邪魔する。スイッチをガチャガチャやる、ＩＨだったら元栓もなく安心だったんだろうか、でも建売だった。元栓がない方がどうしようもないか、毎日ブレーカーを落として外出したか。もう家は売って捨てた方がいいか、捨てれば、家から自分のもとに飛び込んではこないんだから、持たない状態が永遠に続くだろう、しかし永遠というものはない。ヘアアイロンはテーブルに置いてある、抜いてる。階段に置き直す、階段にはコンセントがないから安心のはずだ。お母さん、抜いてる、抜いてる。見れば見るほど信用ならない。気を抜くと、やり直すと、目が滑っていく、くり返しが何にもならない。見落とすというのはどういう状態か、何か見定めることなどできるか。危険なものは何もかも持っていきたい、家の中から出したい。外出も、家を身近に感じられる範囲までしか行きたくない、家から出る煙が見える範囲だ。ヘアアイロンは重いけどもう持っていくか、となると準備していた鞄では入らないのでまた入れ直しだ、鞄は三階だ、家の中で振り子だ。コンロもポータブルのにして持ち歩くか。ため息をつきながら、それは満足の息にも聞こえ、自分の信じていないものたちが、勝手に動いていないか確かめに上がる。お母さん、締まってる？締まってる、火はない？火はない、と自縄自縛、自問自答をくり返しながら歩いて回る。ミニタオルはこの、何に恐怖しているか分からないで出る、汗だか涙だかを拭くのにも役立つだろう。墓参りの時お父さんは車用の門の横の、ポールを避けかねて溝に崩れ落ち、倒れて照れた様子だった。水の流れていない四角い溝で、一瞬棺のようになっていた。外では嫌なことは容易く起こる。お父さんは瞬間でできた傷を、お母さんの残したハンカチで拭いた。人に貰っていらないのであげたら、同窓会に持っていこうと言って喜んだやつだ。お母さんも出不精ではあった、自由を自ら抑制しているようだった。お父さんは転んだのでもちろんご機嫌とはいかず、棺のようだったね、という軽口も叩けず。そんな予言めいたことを子は親に言えない。そういうのを思い出せば、外など怖くてもう出られないか、もしくは外で、自分とは一切関係なく咲いたり枯れたりしてるだろう植物たちを、また見たいと飛び出していくべきか。

旅は育ての親

皆の靴や裸足が、地を掘り泥にまみれている。裸足などよく耐えられるものだと、犬持ちは思う、こちらも犬を抱く背負うの動作をくり返すので、肩や胴は泥だらけだが。体のどこが汚れて最も嫌な部分かは、人によって違うのだろう、犬持ちは着衣の時も靴下から履く、足が最も守りたい部分、乾いて清潔であってほしい部分である、その状態はとても保ち難いが。足が蒸れれば行列を抜け、違う靴下に履き替える、湿ったのは腰のベルトに吊り下げられ、乾いて次履かれるのを待つ。苔貼りは裸足の足で感触を楽しむ、たとえばいつも働いている作業場なら、尖るもの欠けたもの多く、裸足では傷付くだろう、それに比べれば山道の何と穏やかな、腐った葉や削り取られなだらかな石は、何と裸足を柔らかく受け止める。花飾りは、自身にへばりつく花びらを、良い角度でそこにあるかを手で撫で常に確認する。衣服に縫い付け髪に挿《さ》した草花、空き地のを取ってくるわけにはいかないから、自分の庭の、棺のような花壇に植え育てたのを、全て刈り取ってつけて来た。実家に住んでおり親とは折り合い悪く、自室は狭く居間にいるのは気詰まりなので、庭仕事に救いを求めている。もう来年のために植える種類を、思い浮かべ悩みながら歩く、仮装行列は年に一回なので、毎度春の花しか纏えない、花多い季節だがやはりその時咲く種類に限りはある、その選べる中から毎年最大限選ぶ、絡ませられるところ隙間なく全て花が覆う、よく動かす部分なので顔だけは出すが。獣真似は、さっきいいものを拾ったので味を占めたのか、地面ばかりを見て歩く、何かを得たのが嬉しくて堪らなかったのだろう、こうして這う姿勢だと地面がよく見える、空は遠くなる、遠くなるといってもほんの微差だが、と思い見上げる。獣真似、なんですね、と声を掛けられ、獣とくくるのも乱暴だし、歩き方も獣で皆違うでしょうが、虎真似でも羊真似でも良かったんですが、それだと強い弱いがあって、何のイメージもない動物っていなくて、そこから選んでとなると自分の狙いが外見に出過ぎて、もう何か分からぬ混ざった獣ということに、と答える。泥塗りは喉が渇いたのか、葉についた美しい雨粒を舐め上げる、翼背負いは口に柔らかい香草を入れずっと噛んでいる。

それぞれがスタートの前は満足のみだった、工夫溢れる仮装、進むにつれていくらでも反省、改良点など出てくる仮装で参加している。予想を踏まえての未熟な準備が、彼らの体を覆っている、旅でも何でも、改善点は終えればいくらでも出てくる。泥塗りは故意に泥を塗っているのは顔だけ、後の泥はこの道中付着していくものなので、場所ごとの記念である。ついて嫌な部分は、水辺に立ち寄れば水で流して落とそうとする、家に帰れば念入りに洗うだろうが。渇いてひび割れれば、手近にある泥を塗り重ねる、来た道の泥が、泥塗りの体の上で混じり合う。苔貼りは表情を動かせば、苔が落ちてしまうので、あまり笑わない怒らないようにしている。そうしていても、疲れだけは容赦なく顔に出る気がする。掘り起こした苔、土がついていれば取り除き、でんぷんのりと油を混ぜて塗って覆うが、不快な重さと顔を隠す快はぴったりと釣り合う。快が勝る時が来れば、苔貼りは日常生活においても顔に苔を貼るだろう。顔や体など、覆っていれば何と気にならない、周りが言ってくるのも全て苔の感想ばかりだ、それが仮装行列の長所だ。見せたい場所だけ見せ、一枚大きな布でも被ればそれでもう完成で仮装、自分の内部から出てきたものといえばそれはそうだが隠れ、これは何でしょうと周りに問えばそれで会話の端緒となり、聞かれた方もあれかこれかと浮かんでくる自分の想像力の豊かさに驚き、そこで話題になっていること全て見た目の話であって真に見た目の話でない、自分はいつもはこうではないのだから、真に自分の話でない、と苔貼りはうっとりとする。恥ずかしい場所を隠しなさいと言われれば、迷いつつ全身覆うような体なので。では仮装行列の短所は、と考え、横行く花飾りに聞いてみる。花飾りは話し掛けられたこと嬉しく、苔貼りのシルエットが好みなので、列の中でもわざとその横にずっとついて歩いていたので、枝など避ける時なども、無理にでも体を苔貼りに接するように避けていたもので。やはり近くに寄れば目に入り、興味を持たれる確率は上がるわけだ、好みのものにはこれからもぜひ寄っていこう、独り言でも、誰かに顔を向けて話そう。しかし短所、嫌なものの話というのは膨らみにくい話題だ、ここで仮装の愚痴など言い合っても、今満足していることに文句など言っても、とは思うが聞かれたことには答える。あなたの言うそれが長所なら、短所は真の姿が見えないことではないかな、まあ裸になっても見えないんですけど、とどっちつかずの、相手の意見を取り入れ相手の意見次第でどちらにでも傾けられる返事、花飾りはそういうのが上手い、普段は接客業だからだろうか、会話など相手あってのものなので、相手を第一にしようと花飾りは考えている。苔貼りは相手がどう言っても構わない、どんな意見でも自分の考える種、一要素として取り込みたいというだけなので。なるほどねと言い、剝がれてくる苔を練って顔に戻している。

列は詰まるので個々の思い通りにならぬ、それでいて穏やかな足取り、前の人に歩調を合わせようとして眺めれば、肌の出ている部分は白く粉を吹いている、その人のせいではなく気候のせいだ、何事もその人のせいではない。高這《たかば》いの姿勢なんですね、と犬持ちは獣真似に話し掛け、自分の子が幼い頃、手足で這い尻を突き上げる高這いが長く続き、立ち上がるのが遅かったのを思い出す。周りはとやかく言ったものだ、関係ないだろうと声を荒げたものだ。柵のない公園がお気に入りで、高這いで歩き回り、危ないので自分はあの子の外周となりついて行ったものだ、手袋を嫌がるから冬はあの子の手も粉吹きひび割れて、と考えてしまうので、犬持ちは獣真似から離れる。獣真似はいつもと視点も異なっていて、全身見ようと思っても人々の太ももばかりが目に入るのに、目のレンズが太ももを膨らますように映すのに戸惑っている、地面の踏みしめの音を、口から出て地面に跳ね返る呼吸を感じつつ行く。この日のために爪も伸ばし、内へ内へ巻いていく、という長さには至らなかったが、手袋の指先に穴空け通し、もう土にまみれている、毛糸は湿り切り水も吸い込めない。うちはコップの茶渋にも誰も気が付かないような家で、内側に黴《かび》かかり引っ掻き傷のようなのがつき、遊びに来た友だちが驚くようなコップと家で、と翼背負いが言い、幼少の思い出など、ここには最もそぐわない話題だと犬持ちは思う。それが許されるなら自分だって、我が子や我が犬のあれやこれや、語りたいことは山ほどある、それに周りを付き合わすのが申し訳ないだけで、記憶を掘り出す準備は常に万端である、前に歩いているのだから、過去など振り返るまいというのが、こういう時の姿勢ではないか、と犬持ちは考え、そう、あら、あっちの木はその茶渋のよう、と翼背負いの視線を今見えるものに引き戻そうとする。翼背負いは振り向けど背の翼が大きく、その木を見逃す、流れていく景色に目を凝らせば、記憶は浮かび上がってきてしまうのだから、景色に目など向けまいとも思う。飲み物休憩で隊列は一旦乱れ、入れ替わり先頭になってしまい翼背負いは不安がる。これみよがしに周囲を見回す、幼い頃学校でよくやっていたような仕草だ、これだけで教師や、世話好きの旧友を呼べたものだ。苔貼りはそれを察知し、進むままに進めばいいのでは、山は道が狭くて少なくていいですよね、と助言する、ほらやはり何か言ってくれる人は現れる。背の翼がより、辺りを見回す動作を大仰なものにしてくれる、作り物の翼など髪の毛と同じように、人のが顔に触れれば嫌なものだろう、なめらかな毛であればずっと触っていたいか、そんな毛でも人の毛先なら嫌か。

晴れつつ小雨が降ってくる、雨宿りすべきか翼背負いは後ろを窺う、翼で後続はよく見えない、濡れてもいい格好でと書いてあったんだから、濡れる覚悟は皆できているだろうと思い切って進む、あちらの山は白く、雨は地に送られ靄は天に向けて飛び、というのを穏やかに眺める、後続は少しペースを落としている、それも翼背負いには見えない。分岐があるので翼背負いは先頭を代わってもらい羽を休める、歩きにくく、翼を下ろして前に抱きたくもなるが、それは仮装を解くということだろうかと周りを見る、誰かが解けばそうしようと思う。生える木は歩みを助けはしない、陽は枝にせき止められつつ地上に届く、周りの自然はあって当然のものと思える。犬持ちはいつでも、何かの世話をしていたい、だから日常でも犬は常に抱くので、これは仮装というほどでもない、一応毛皮を羽織ってはいるが。我が子はもう大きく育ってしまったのでつまらない、自分を必要としていないところには、犬持ちは行かない、アルバムでも眺めれば、幼い頃からの子の姿が連なりとして立ち現れるが、今の子の姿単体では、共に過ごしてきた歴史は子の内側に隠れる、なかったことにまではならないが。犬持ちは自分が他の世話になるのは苦手で耐えられず、この犬に自分が乗るソリを引かせるということはとてもできない。泥塗りは進む道々で手当たり次第に泥を採集する、こんな身近でたくさんある、と自分に与えられたものの大きさを思ってみる。川には水が溜まり苔むしている、次来る水がそれを洗う、川沿いに進むとそれも行き止まり海となるので、一行は折れて浜辺を進む。波は打ち寄せ小虫を投げ上げる。獣真似は手の保護のための手袋、自分で編んだので思い入れも思い出もある網目の一目一目、そこに入り込む砂や貝を眺め振り落としながら進んでいる。苔貼りは、人のために余計なことはすまいというのが信条ではあるが、花飾りの声に痰が絡んでいるので気遣う、花飾りは気づかれたことに赤面する、自分の中だけで対処しようと頑張っていたのだ、咳もできるだけ出さないよう。通じない言葉を操りたい放題に操り、犬持ちは犬の相手をずっとしている、ずっとで重くないんですか、と問われれば、ちょうどいい重さですと答える、重しがなければ、自分を地面と繋ぎ止めるものなどない。犬の細い脚、探れば指は筋に行き当たり、薄い皮が屋根の布のように張る脚を撫でる、それで犬が落ち着くと信じている。

食事は全員が一律の額を入れた財布を皆ザイフと名づけ、それで水や芋や肉を買い鍋に入れていく。海辺で釣り上手の泥塗りが魚を獲る。道々採ってきたキノコも、皆雰囲気に油断し、有毒無毒の区別は曖昧になりそうになるが、苔貼りが詳しいため厳しい目でもって選別する、やはり知識が強いと周りは思う、しかしできるだけキノコはよく煮ようと鍋の底に沈める。得意な人が前に出てきて料理の腕を披露する。お上手でと誰かが褒めれば、より丁寧な手つきとなる。海水で煮たら、という誰かの一言に、そうすると苦いんだよねという返事がある。鍋をかき混ぜれば具は浮き沈み、混ぜ過ぎると見た目も良くないが、中身を均等に分けようと思えばそれは仕方ない。卵を割り入れる、風で砂が舞うので蓋をする、砂など噛んで最も不快なものなので。晴れの海はにおい強く、海岸の岩に海藻がついている、絨毯のようなのを剝がし顔に当ててみて、苔と混ざればさっきまでの、苔貼りとしての自分は揺らいでしまうか、しかしこんなに広がり貼りやすそうな、顔の上で乾いて突っ張り第二の肌となりそうなと苔貼りは考える。翼背負いの翼は地域的に茶色ばかりの羽根である、熱帯にでも生まれていればまた違った。穴空いた貝殻に紐通し飾りにしようと、獣真似は手袋は外して貝を探している、海岸ほど地の手触りが変わっていく場所もない、砂の様々な大小に気づく。泥塗りは細かなのを水で溶き、これは泥か砂かと人に問う、泥だと言われれば塗ろうと思っている、自分に塗るものを人に決めてもらう。翼背負いは鍋には近寄らないようにする、燃え移りやすい素材なので。鳥は飛んでは病気を連れてくる、羽根は不潔だと思われているのを知っているので。犬持ちは犬を遊ばせておき、皆が家から持ち寄ったスパイスを、これは何だ何だと問いながら、合いそうなのを鍋に入れていく、灰汁をすくい器に取りそれを海に返す。各家庭独自のスパイスが混ざり、独自といってもただ組み合わせ方が異なるだけの、同じようなのが偏りだけあるもので、しかし合わせればどんどん複雑な香りにはなっていく。犬持ちは暑いので着ていた毛皮を脱ぎ、あら本革、という誰かの言葉に、はい死んだ子の、と答える、剝製にしようか迷ったやつだ。板があるので食卓にしようと、皆で引き抜こうとするが重く、一人が諦めればもう皆笑って諦める。各人、食器だけは家から持ってきているので、注ぐために並べれば砂浜の上は色とりどり、真新しいのや欠けたの交ざり、これだけが日常の自分を表してしまっているようで恥ずかしい、ここに日常を持ち込むなど興醒めなのだから、来年は皆で揃えるか、手で食べられるものにすべきだと犬持ちは考えつつ、器に中身を注いでいく。ひと掬いごとに歓声が上がるので、やる甲斐ある。家でならゴマや香草など上に振りかけただろう、香味油や辛い油垂らすだろう、と思いながら花飾りは受け取る、自分には大家族などはまるで向いてない、と思いつつ、浮かぶゴミを指に貼り付け、取り出しながら飲む。自分で木の実を絞り油を出し、とやるようなことまではしない、自然と一体となるのが目標の行列ではない。皆器の熱いうちに、でも満腹感を得るためよく噛み、肉がプリプリ、キノコもプリプリと言い合いながら食べる。魚を口にする時は魚を獲った人に、おお、という表情をしてから食べるため、泥塗りはその皆の視線を受け止め切ろうと、視線を下にせず食べるので時々こぼす。海辺であるから落ちたものは、魚の小骨などは特に、砂浜に撒けばすぐ地に紛れる、大きな一口なら砂を払って食べるが、小さな欠片は殻や死骸とすぐ交じり水は沁み込む、家の床とは異なる。犬持ちは犬が骨を食べないか、気が気ではない、犬持ちは家の床には、犬と自分の毛以外は何一つ落ちたままにはしない。

食べ終えれば各自器をゆすぐ、ゴミは水と合わさる、考え出せば疑問は残るが、海水で洗えば清潔ということに皆している。結局どこまでを清潔とするかだ、循環する水、外靴を家の中に飾ること便器を手で洗うこと、と花飾りは思い浮かべ自分なりに線を引く、花飾りは親に、何でも素手で洗わされる。間違って持ってきた繊細なフォークだが、いつも使っているものなので手に馴染んでいるのを、小さく振り回せば光る。貝殻を拾って石に擦り付ける、石の固さに負け殻が白い線へと変わる、それで模様を描いてみるが、単純なものしか表せず、これでもデザイナーなんですよ、と翼背負いは掲げて見せたくなる、毎日、部屋に閉じ込められるようにして働いているんですよ。生活のルーティンが少しでも崩れれば、それで日々が立ち行かなくなるんじゃないかと思って、明日の予定が私を牛耳り司って、それで余暇の予定も入れられないんだから、仕事のために寝て、仮装行列は余暇で、仕事も余暇だと思えばいいのかな、仕事に泥を塗っていきましょうか、と泥塗りは笑う。泥を塗るなど言葉にすると象徴的で、と二人で笑う。前の人についていれば、正面をずっと向いている必要はなく、首をできるだけ休めながら、長旅に備えて調整しながら体を使う、大人の行動で今もいて、希望それだけを持ち暮らす、という日々でもなく、でも希望しか、私の背を押してくれるものはなく、と泥塗りは言い足す。仮装行列は前進あるのみといえば聞こえ良く、進むというだけで安心の。それぞれ名指し合いはしないので、あなたの、と花飾りは苔貼りを仰ぎ見、素晴らしいシルエット、と体の最も大きな部分を褒める。苔貼りとしてはそんなところを見られ、体を見破ろうとされているような気がし、今褒めていいのは苔の部分、いつもの私と異なる部分だけではないか、シルエットとなると性なども絡んでくる問題で、と少し憤慨するのを花飾りは素早く察知し、すみません、その苔の垂れたシルエットです、苔のシルエット、と言い訳する。花飾りだって鈍感な方ではない、気の利く人よりはそれは気は利かないかもしれないが。流暢に喋ろうとしても舌はそんなに踊れず、でもこれは顔に苔が貼ってあり動かしにくく、というポーズを取れば、花飾りも頷いて言葉を急かしたりはしない。途中に屋台が出ており、皆ザイフから出して揃いで買う、器がもう一つ欲しかったところだ、殻入れにもなる。次の食事の時丸く並べれば、その一体感に皆微笑むだろう、音が鳴るほど頷くだろう。獣真似は多くの獣を真似ようと、跳ねたり走り出したりする、演技は仮装とはまた違うだろうと、泥塗りなどは思うが。着ている服が普段着なのは、毛皮など何色を選ぶかで、何の獣か決めてしまうようなものなので選べなかったのだ。人から見れば獣の仮装にならないが、指摘されれば手袋の手を広げ、これで獣ですとでも主張しよう。誰もそんな不躾なことは言ってこないだろうが、心構えとして備えてはおこう。道で隣人に怒鳴られ恐怖のあまり却って面白く、というのがあったんですよ、と翼背負いは強がりを交えながら言い、隣人の話は家の人とすべきではと犬持ちは思うが明るく、そんなのは犬パンチよパンチと、犬の手を持ち動かす。犬は会話のタネとなりあらゆる会話の通り道となる、犬が犬持ちの腕を、毛の滑りを活用して抜け出す。花飾りなどは、犬が人の手から降りられず自由なく、というのに否定的であったので、追おうとする姿勢もポーズだけでやる気ない。犬持ちはさすがに追いかけるのが上手く、回り込んですぐ捕まえる。危なかった、生きたまま逃げられては残る形見もない、全く周囲はよくもこんな失う機会で溢れているものだと犬持ちは思う、失ったのでもう二度と失わない、というものは自分くらいか。

景色を通っていくだけの行列だ、天気が悪ければそこで初めて空を見通し、あちらが晴れているからと希望を持つ。皆が黙れば皆が無音に身を置く。喋らねば舌は意識されず、犬のように舌を出せば、体の熱さもマシになるというわけにはいかない。距離が長くなるほど個人の疲れに差は出る、それを思いやりが均《なら》す。海、野、山と歩いていく、いい時を選べば季節は味方だ、季節はこちらに配慮してはくれない、こちらが合わせる。海が乾く、野を焼く、山の煙る香、花飾りの身からはどんどん草花が散り落ちていっている、惜しいがこれでこそ草花だ、花粉を撒き散らし、と見守る。がくの部分で縫い付けてあるので中央だけ残る。苔貼りは裸足が疲れたので、鞄から靴を取り出し履く。苔貼りの顔が緩んだ気がしたので花飾りはホッとする、ただ顔が動いて歪んだだけだが、表情も見えねば底知れず、これでは文通のような付き合いだ。

綻びたところから手を入れるように、探り探り会話を広げる。ここから離れろと言わんばかりに降る雨になってくる、しかし雨のせいでここから出られない、大きな木は皆を隠し少しの雨は通し、犬は降りて葉の上の雨を散らし、あれを後で抱くから濡れるわと犬持ちは思い、泥塗りの泥は一部地面へ溶けていく、輪郭が滲んでいくような心持ちだ。雨など目や耳に珍しいものでもないのに、皆真剣に眺めている、一粒まで見ようとする、強弱聞き分けようとする。雨宿り中は犬を触りに来る人多く、犬持ちは誇らしげに差し出す、苔貼りは周囲の湿気を吸った顔の苔に、香りの強さにえずきそうになる。泥塗りは濡れてもいいので、もう汚れには頓着しない体、何かに塗《まみ》れて当然の心になっているので、雨に当たるような場所にいる、花飾りは身につけた草花に雨を纏わせる、心なしか蕾が開いてきた気がする。獣真似は幹の根もとに丸まる、また子どもと動物園でも行って、来年のために動きを学ばねばならない、子どもといると獣真似は、見るもの聞くもの全てが朧となり、体力気力の温存に努めてしまう、一人でいる時や大人といればこんなに鮮やかに見聞きしようと思うのに、子どもの保護に集中しているからだろうか、子どもが大人になった時初めて、共に何でもはっきり感じられるだろうか。翼背負いは持参したチョコレートを削って食べる、目が合った人にはあげる、目が合わない人にまで、大声で呼び掛け勧めるというのはできない。雨はいつでもいつか止むので、この雨もまた小降りになる。冬ならこれが雪になってもおかしくないんだから、冬の方が空は賑やかですね、と翼背負いは言ってみる、聞こえた人だけが聞き、分かった人だけ頷く。このように、理解はできる共感はできないということばかりなら恐ろしいがと、聞いていて花飾りは思う。

寝るのは山小屋で、水を流すのにも金がかかるような場所だが、皆帰るまで仮装を解かないため水も浴びず、足先が冷えればただ布団の中で擦る。布団に何かつけてしまう恐れのある仮装なら外の藁で眠り、犬も繋がれながらそこで眠り、小虫は気にしなければ気にならない、頭上の星と紛れる。山小屋の食卓は、日が昇っては沈むというのが見渡せる場所で、朝は食パン一斤出され、皆で均等に分け火で炙り、形ある火がパンの形を変える。家から持ち寄ったジャムの小瓶を差し出し皆で回し、手作り風のは何が混じるのか分からず、それでも皆への信頼があるので疑うことなく、回ってきた瓶の中身を掘り返しては塗る。苔貼りの苔は剝がれてきているが、厚い食パンの前でできる限り破顔し、食べ物を頰に詰め込んでいる。苔など後で、拾ってまた貼り直せばいいだけの話だ、顔とは何と動く場所だ。苔を大きなシート状に切り出して、頭や肩にのせるという方が現実的なのかもしれない、でも顔を隠したい。ものを捨てるにも金がかかるが、ここは皆ザイフを使ってでも捨てて行き、これで持ち物の中で最も重かったジャムの小瓶がなくなり、皆腕を軽やかに振る。犬持ちの靴下、順繰りで替えていっているやつも、時が経ちにおいが出てくる、泥塗りの泥からも。仮装行列は終わるのが短所であるか、と苔貼りは考える、終わりがなければ頼もしいということはなく、終わりあるから無為ともいえないが。犬持ちと犬は互いの体を叩き合うのに夢中になっている。花飾りは苔貼りに指を伸ばす、この一手で、互いの手が触れ合いくすぐり合い、というのに発展するのを願っている。仮装に苔を選ぶところもいいじゃない、花飾りは無理のある角度で指を曲げ、苔貼りの指に当てる、苔貼りは避けない、二人で調整しているように、手の揺れは息が合い、往と復の振りで一点必ず接し合う。この人こそ、と花飾りは思いつめ始めているが、ただ入れられた袋の中で、袋の中のもののみに出会っているだけのような出会い、ということも分かっている。獣真似は吹く風を感じる。苔貼りの苔剝がれ、泥塗りの泥もだいぶ溶けているのを見、翼を前に抱くのくらい翼背負いはもう良しとする。来年もこれを基礎として、羽根を上から重ねていこう、より大きなものになるだろう、肩の上の肉は薄いので痛いが、翼のボリュームは譲れない、体の輪郭を包み込む形なので、体の額縁代わりとなる、体が良いものに見える。行く道だったのが時を経て帰路となり、この先は自分の家に近づけば一人ずつ抜けていく、また来年も不足と改良の余地ある、自然の影響を多分に受ける、姿に心の表れる、隠しても自分の名残りある、過去を踏まえての、未熟な予想を伴う準備だろう。

初出一覧

移動そのもの（「ちくま」二〇二三年八月号）
花瓶（「ちくま」二〇二三年三月号）
市場（「文學界」二〇二三年九月号）
本汚し皿割り（「ちくま」二〇二三年一二月号）
軽薄（「ちくま」二〇二四年三月号）
老いる彼女は家で（「ちくま」二〇二四年六月号）
人々の大いなる口（「ちくま」二〇二四年九月号）
通い路（「ちくま」二〇二四年一二月号、「家路たる外」を改題）
旅は育ての親（「文學界」二〇二四年四月号、「並ぶ連なり歩み」を改題）

井戸川射子（いどがわ・いこ）
1987年生まれ。関西学院大学社会学部卒業。2018年、第一詩集『する、されるユートピア』を私家版にて発行。2019年、同詩集にて第24回中原中也賞を受賞。2021年に小説集『ここはとても速い川』で第43回野間文芸新人賞を、2023年に『この世の喜びよ』で第168回芥川龍之介賞を受賞。他の著作として、詩集に『遠景』、小説に『共に明るい』『無形』がある。

移《い》動《どう》そのもの

二〇二五年三月一〇日　初版第一刷発行

著者　井戸川射子
発行者　増田健史
発行所　株式会社筑摩書房
東京都台東区蔵前二―五―三　〒一一一―八七五五
電話番号〇三―五六八七―二六〇一（代表）
印刷　三松堂印刷株式会社
製本　牧製本印刷株式会社

ISBN978-4-480-80523-2 C0093
乱丁・落丁本の場合は、送料小社負担でお取替えいたします。